回不去的旅人

CENSUS

[美]杰西 · 鲍尔 ——— 著
任秋红 ——— 译

J e s s e B a l l

江苏凤凰文艺出版社
JIANGSU PHOENIX LITERATURE AND ART PUBLISHING, LTD

献给亚伯兰·鲍尔

前言

我哥哥亚伯兰·鲍尔在 1998 年因唐氏综合征去世，去世时年仅 24 岁。到那时为止，他已经四肢瘫痪，靠一台呼吸机呼吸多年，并且动了无数次手术。他的病情或许非常严重，但他高尚美好的天性却永不凋零。他年龄虽比我大，个子却矮小得多，我在医院的病床边陪伴他许多年。

很久以前，当我们还是孩子时，他还可以每天活蹦乱跳，玩得不亦乐乎。尽管年龄尚幼，可我那时就知道，有朝一日我将不得不照料他，当他的保姆，有朝一日我必须要和他生活在一起，幸福快乐地生活在一起。尽管还是个孩子，但那时我就知道这将是我不可推卸的责任，而这种责任感早已成了生活中必不可少的一部分。我也早已预料到将来会发生什么，甚至那时就开始担心自己可能找不到愿意跟我和哥哥一起生活的人。

上个月，我忽然觉得要写一本关于哥哥的书。我总有种感觉，没人能真正理解那些唐氏综合征患者。至于我自己，每次想到哥哥和他的一生，都会深受感动，心里好像涌入一片光明。我觉得我必须写一本书，让人们走进这些唐氏综合征患者的内心，并逐渐爱上这些患有唐氏综合征的孩子。要知道，事实跟你们想象的并不相同，跟一般人所描绘的也不一样，事情其实是另外一番模样，超乎大家的想象。

但是，要写一个自己非常熟悉的人并不容易，更何况他已经去世了那么多年，我对他的记忆就像是饱经践踏的花园，早已面目全非。我一直在踌躇，不知这本书该怎么写，后来偶然想起，或许我应该写一本关于虚空的书，然后把他放在书的中间，大部分内容都以他为中心，这样他的形象才会如我所愿，甚至更加清晰。

在儿时的想象中，长大后我跟哥哥的关系会如同父子一般，所以我决定写一本关于一位父亲的书，他在濒死之际与已成年的儿子一起外出旅行。在描写旅途中的种种琐事时，我可以在字里行间刻画出亚伯兰的形象，他就是那个儿子。这样，读者可以清晰地看到这个孩子的真实面目，而且可以想象，他可能会成为一个怎样的人。

这样写作的时候，从某种程度上看，我可以再次回想起小时候的那些想法，也就是刚刚说过的，我将会成为他的保姆，想象着未来的生活会是什么样子。人生路漫漫，在不同情况下，我们需要扮演不同的角色，有时候甚至要伪装成各种不同的样子，但无论如何，总有一些地方会始终如一。比如我，小时候的一些感觉现在依然能够清晰体会——那就是对未来的深深渴望以及随之而来的担忧和恐惧。这种渴望非常强烈，同时夹杂着些许忧伤。

我想一定会有读者对我这些话产生共鸣，至于其他人，我希望他们也能从中得到新的体验。

目录

⋮

A

我回过头来，把铲子靠在车上一块生锈的灰色铁皮上，向我挖好的墓穴里望去。墓穴壁上裸露着的草根还在颤动，我从上面看到了自己这几个月在遥远异乡进行人口普查的经历。仿佛只是偶然，我的眼光顺着这些纤细的红色草根一点点深入到了墓穴底部。先是往左、往左、往左，接着往右，接着又是往左、往左，然后再往右，然后又是往左、往左，最后一直看到墓穴底部。

我觉得自己的手就扶在方向盘上，正驾车在田野间的道路上疾驰。我不再是我自己，而是变成了另外一个人——这个人和我很像，似曾相识，他像支利箭一样射向了我，射向我的心灵，射向我站着的地方。

我认识他吗？有谁能随时随地声称了解自己的外表、了解自己的内心呢？但我们总会有一次又一次认清自己的时候——总有一些事情，哪怕是很细微的事情，能够让你了解自己。但是有吗？对于我来说，此刻我回归了自我，了解了自己，可是我看见的仍然只是周围的一切。映入眼帘的是起伏的群山——连绵不断、无边无际，而我内心深处却没什么东西值得一提。

我在等待。在我等待之时，各种情景不断在眼前环绕——我的一生、我的儿子，还有最近发生的一切。而其他事情开始渐渐模糊，一点点淡去，只是偶尔还会有些鲜明的形象出现。这些鲜明的形象破框而出，来到眼前，通常在这种时候，我会突然忘记了自己是谁，身在何地。

谁能真正理解空白呢？人心总是充满欲望。空白为何躲着我们？放空自己，控制自己的内心，即可感受空白。能够感悟空白是种天赋，每个人都能感悟空白，这种能力是与生俱来的。我知道自己绝对有感悟空白的能力。

年轻时我读过很多书，比如这样的：

“进行人口普查的人首先一定要尝试感悟空白，甚至渴望放空自己。”

但事实上，我们总是破坏自己的印象，出现在什么地方就会糟蹋什么地方的风景。人口普查员都明白这一点，只是都小心翼翼地装作不知道。因为如果我们了解这一点，那就无法开始最基本的事业。对我们而言，人口普查就是到未知地带的一种远征。

有人曾说过，人口普查如同提着灯笼在暴风雨之中穿行。“提着灯笼，穿行在暴风雨中。”我曾无数次亲口说过这样的话。但是对于我，这种感觉不是英雄般无畏，而是相当可笑。进行人口普查的人都有一种无助感，知道自己能做的非常有限。也许正是这种无助感，才让那些从业者开始了这份吃力不讨好的可怕工作。

因为很明显，不管这份工作有什么好处，它都没什么实际意义，而且还要付出许多辛劳。如果我已故的妻子看见我穿着破旧的大衣挨家挨户去敲门，她一定会大笑的，不过我自己却总能感觉到暴风骤雨之中那盏灯笼的温暖。

更重要的，我做这份工作主要是为了我儿子。我儿子让我看到——当然不是通过话语，而是通过日常的各种表现——我们天生就是一对参照物，每时每刻都能对照出对方的样子。他出生时接受了人口普查，直到今天人口普查的工作还在继续。正是因为如此，我才开始了人口普查工作，才有了我们向北旅行的一段日子。

正是因为他的生活方式、思维方式，才使我有可能从事人口普查的工作，而这份工作也成了我生活中不可或缺的一部分。

但是在此之前，在我成为一名人口普查员之前，我偶然接到一份通知。那不是关于人口普查的，甚至没有具体的内容，但它很重要，对我此后的生活产生了决定性影响。从某方面说，就像是一个人拿着一封信向我走来，然后把信放进了我手里——就这样，我知道我将不久于人世了。从事件的表面来看，其实就是某天我正在工作——站在大厅里，正跟一位护士热烈交谈——可是接下来，我就发现自己躺在检查室里，几张关切的面孔俯视着我，好像第一次见到我一样。

我从那儿离开后，去看了医生。医生是我的一个朋友，他帮我仔仔细细地检查了一番——这儿戳一下，那儿扎一下，之后便愁眉紧锁。

“你可以再检查一下。”他说，“不过我想，检查结果会是什么，你我心里都很清楚。”

他笑了起来。他面对问题的方式就是那样。

我俩一起坐了一会儿，后来他拍拍我的肩膀，问：“可是你儿子怎么办？有没有人收养他？只能去孤儿院吗？”他说起“孤儿院”的样子很是可恶。

我摇摇头。我说有位太太曾跟我和妻子定过协议，如果我或者我妻子出了什么事，她会照顾我们已经成人的儿子。那位太太虽然不太起眼，可是温和、善良，住得离我们也不远。

我走的时候，那位朋友送我出来，可是他突然停住脚步，帮我整理了一下衣领，自己点点头：“我觉得你不能再继续工作了，应该到北部Z市附近一些空气比较干燥的地方转转，那儿对你的身体有好处。考虑一下我的话吧，没必要非死在家乡，那不会让你高尚多少。”

我把儿子从一户人家叫了出来，他正跟朋友们在一起玩。他们一点也不知道发生了什么事，我只简单说我们要出去旅行，儿子要过一阵子才能回来。朋友们围着他闹腾了一阵子，说出去旅行真是太好了。儿子也很兴奋，简直欣喜若狂。他之前一直在用棍子搭造一样东西，现在让我看了看他的成果。我说我很喜欢，可这是什么，这让他很不高兴。

“这是我们的家。”他说。

“当然了，”我说，“肯定是我们的家啦，都怪我看的角度不对。”

回到家后，我在房间里来回转悠，从一间屋子走到另一间屋子。我不停地在想，我不能在这儿住下去了，儿子也不能。无论如何，谁都不能住在这里。

我把孩子一个人丢在家里，自己出去了将近一个小时。

“你的确是一副快死的样子，”她说，“我从没想到你妻子死后你还会活这么久。”

“可我的确活着。”我说。

“只是眼下还活着。”

我告诉她我要出去旅行，要去北方进行人口普查。“这会让我们有事可做，让我们在最后一段时间里团聚在一起，除此之外，这还会让我们的生活具有一定意义。和生活中其他事情一样，这既可以让我们的生活不失意义，同时又不用刻意去追求什么意义。我可以和儿子待在一起，欣赏相同的风景，见识同样的东西。我们会一路靠近铁路线前行，如果我有什么不测，儿子可以自己坐火车回来。我会先给你送信，你可以到火车站接他。”

她说如果是她，就绝对不会这样规划自己最后的日子，不过她能理解我为什么要这么做。

“最后一次跟儿子一起旅行，我说不定还会有所好转。”

“很可能。”她说。

接着我开始请求她日后照顾我儿子，跟她讲述了儿子的情况，交代了他都需要什么。

“这我都知道。”她说。

“不过我还是得说。”

“你想说就说吧，不过我都知道了。我会照顾好他的，你不用担心。不管发生什么事，日子都会照旧过下去的。”

“我知道你不喜欢我妻子。”我说。

“要跟我生活在一起的是你儿子，不是你妻子。感谢上帝！所以你不用担心。”

第二天一早我就去了人口普查办公室。我在那儿待了很长时间，走的时候就有了一个新职位，一份新职业。

我和妻子一直都希望能出去旅行——她总是说，我们为什么不出去旅行呢？——可是最终也没有去成。尽管从某种程度上说，儿子是我们出去旅行的最佳理由，可是他总有这样那样的原因阻止我们出去。不管怎样，反正妻子在世时我们没有能够出去旅行，然而她刚刚去世不久，我就觉得除了出去旅行我们根本无事可做。看样子我应该找到一种出去旅行的方式，而人口普查就是其中一种。这条路畅通无阻，尽头是某个不知名的地方，接着又是另一个不知名的地方，接着又是下一个。突然之间，一切都如此清楚明了：我可以当一名人口普查员，这样儿子和我就可以出去旅行了，再没有什么东西可以阻止我们。

我找到儿子，我们一起回了家，又一起离开家前去旅行。

我身体很虚弱，不过我这样已经好几年了。为了让儿子住在体面的房子里，拥有体面的东西，我一直坚持工作——也许我不应该这么做。自从他出生以后，我们的生活——我的，还有妻子的，就像盾牌一样只围着他转了。

至于他，他只是无忧无虑地活着。有人亏欠你那么多，而他们却依然心安理得、无忧无虑，这种感觉让人难过。不过你为他们做的一切其实也是为了你自己，不是吗？

B

人们通常都会到屋外来迎接我们。

人口普查的第一天，我们来到了 B 城附近的乡村，看来总算走出了之前的生活圈子，那么，人口普查的工作就要正式开始了。

我曾在人口普查办公室巨大的、约有 100 英尺的地图上仔细观察过我们的生活圈——那个圈子里的人肯定已经完成了人口普查，所有程序都已经完成了——我们此时已经走过它的界线。我开车拐下公路，沿着一条狭窄的车道驶向一幢高大的房子。这房子的前面是一片狭长的田野，另一边是一湾浩渺的湖水，湖的对岸便是森林的边缘。我们的车一路走一路发出轰轰隆隆的声音，不过这也可以算是它的一个优势：旅途虽然漫长，我们的车却从未出其不意地吓别人一跳。

正如我说的，他们来到屋外，一男一女，两个人一起。人们总是出来得很迅速，不是吗？而且他们总是停在一个自以为安全的距离之内，不过这个距离也会因人而异。我出示了证件，男的笑了起来，拉起衬衣让我看自己身上的标记。“瞧这个，第九次人口普查的标记。这是第八次的，这是第七次的。第六次和第五次人口普查时我在外地采矿，离家很远，第四次人口普查时我还没出生呢。”

他妻子身上也有同样的标记。于是我谢过他们，起身要走，不过他们没有同意，非要我们跟他们一起喝杯茶。就在这个时候，我对人口普查这一行有了更深刻的了解，虽然并不是有关人口普查这件事本身的。看来干这一行要做很多事，比如坐在一家农舍的窗户旁，手里握着一个茶杯，透过窗户上的平板玻璃眺望外面的茫茫湖水。那里肯定有很多水鸟，但是眼下一只也没看见。一弯月亮挂在遥远的天空，一片云彩从旁边飘了过去。我儿子在隔壁房间里唱歌，他们给他找了点儿东西供他娱乐。不过我一喝完茶，就立刻跟主人告别，接着我们再次坐进了车里。

一个人一天能拜访多少户人家，能走多少公里呢？在这个行业里，这些答案都不确定。我们能去哪儿就去哪儿，能做什么就做什么，但是一定要保持充足的体力。当天晚上，我们找了一家汽车旅馆住下，因为是淡季，房子全都空着。“我不能让你付钱，”老板说，“你是在办公务。”

他是第一个被我刺上标记的人。我把标记刺在了正确的地方，这是我们了解一个人是否被普查过的方式。有人说人口普查的方式很野蛮，这一点就是证据。不过过去我不是也让人口普查员在自己身上、儿子身上和妻子身上都刺上了记号吗？

每一次人口普查的标记都有特殊的形状，并要刺在某一根特定的肋骨上。我觉得刺标记的地方够大了，不过并不是所有人口普查员都是医生，所以有人担心他们会弄错地方。我觉得任何一位人口普查员都有能力找到第三根肋骨或者第四根肋骨，不过以前我作为一位普通公民，也曾经认为人口普查员只是一群粗心大意、一无所知的家伙。我妻子过去也常说，他们出来做人口普查只是因为太无聊了，没有自己的人生追求。我在接受这份工作时就感觉到了这个玩笑的分量，因为这对我来说就像是一种死亡的信号。我应该一直在外面进行人口普查吗？我该在什么时候停下来呢？

12 格哈德·穆特听上去像是一个男人的名字，事实上这是罗塔·韦尔特的笔名，她是德国斯图加特附近一个城市的市长，是位公众人物。但她一生都不自觉地在描写一种动物——鸬鹚。对她而言，好像一切东西都适用于这些鸬鹚。她每天在日常生活中发现的一些行事原则都以某种神秘的方式适用于那些敏捷的黑眼睛，那不断发出的“咕咕”声以及它们不可思议的潜水动作。她用一成不变的文字一遍一遍地这样写道：作为一条鱼，而且知道有一只鸬鹚已经发现了你，这肯定是一件极其可怕的事。

她的句子一遍又一遍地重复，这已经不能算是自我抄袭了，只能算是歌曲中的叠句。死亡并不可怕，她觉得，可是知道自己被敌人发现，从而陷入一种无依无靠的危险境地，那种恐惧感才是最可怕的。

“无论那条鱼能逃出去多远它都没有生存的可能。”她这样写道，“从它被发现的那一刻起，那条鱼就只有一种选择，那就是被尖利的鸟嘴刺进身体，在痛苦中死去。”

在距离B城主干道6公里的地方，有一幢房子，我走进去，在这儿，我突然有种感觉：从某种意义上来说，人口普查的工作实质就跟那条鱼发现了鸬鹚的道理一样。不过，如果真是这样，那么那尖利的鸟嘴指的是什么呢？它什么时候会到来呢？如果真有这张鸟嘴的话，它会带来什么样的结果呢？

罗塔·韦尔特还有另外一个特征，她总是戴着一顶黑色皮帽，无论什么时候都不愿摘下来。不止一位传记作家曾经记载过她就这顶帽子开的玩笑。她说“这是我的假发”，或者说“这是假发”，要不就说“这差不多就是我的假发”。她总是这样不厌其烦地谈起自己这顶黑色皮帽，实际上，那就是她从斯图加特一家商店里一连串买来的皮帽子。而且很明显，那些帽子都是海豹皮制成的。她在《金色池塘》中写了一篇文章证明了这个事实。她在文中这样写道：

海豹与鸬鹚非常相似，不过鸬鹚非常有耐心，而海豹却总是习惯于寻欢作乐，所以经过上千年的演变，海豹一个个都成了花花公子，纵情享乐。

不过她总是戴着一顶海豹皮帽又是什么意思呢？最近出

版的一部修订版传记又对这一点提出了疑问：很明显，当时的德国并没有海豹皮帽子，这样的帽子都是由貂皮制成的。不过在斯图加特国家美术馆，我经常见到一幅画，上面是一只栖息在树上的鸬鹚，它的姿势令人难忘。鸬鹚的残暴好像渗进了它栖息的树，渗进了树下的湖水，甚至融入了水里游泳的鱼，并与它们融为一体了。

出来开门的是一位约莫35岁的妇女，身着一件松松垮垮的无袖裙子。她把我和儿子迎进屋里，我们仨坐在她们家的客厅里，脑袋几乎凑到了一起，就像在策划什么不可告人的阴谋。

说来也奇怪，三个素未谋面的人怎么可以不论说到什么话题都能捧腹大笑呢？可我们就是那样，莫名其妙地觉得非常快乐，并沿着那些话题一直愉快地交谈下去。她一一回答了我的问题。看来她还没有遇见过人口普查员，我是第一个，所以我就在离开之前给她刺了标记。她撩起裙子，这个动作当然会让一个普通人感到尴尬和难堪，不过我以前是位医生，所以这样的事情对我来说稀松平常。我找到那根肋骨，做好标记。这期间，她好像讲了一个故事，说她们家以前被人抢劫过一次，而且其中一个盗贼是她认识的人。当时她就在家里，站在窗帘后面。那些盗贼从一间屋子窜到另一间屋子，到处偷东西，还相互聊着天，谈论着她家的房子，还有她。不过她说她一点都不在乎他们拿走的东西，她好像从什么地方继承了一笔遗产，自己的东西根本用不完，即使有需要也可以再买，甚至也不觉得再买东西有多麻烦。因为听着他们的谈论，听到他们对自己东西的评价是一件趣事，她说她差点忍不住笑出声来。

她可以感觉到，当那个与她相识的人对同伙描述自己时，他们是从这个家和家里的东西中想象出她相应的样子的，于是差点忍不住笑出声来。但是她知道在那种情况下那样做并不恰当，所以她只能偷偷地笑。“直到现在我还一直记着那种感觉。”她说。我们临走时，她在儿子的脸颊上亲了一下，并给了我一个热情的拥抱。我知道，她的右胳膊以前肯定发生过什么可怕的事，不过她没有提起，因此我们也没吭声。在门口的照片墙上，她一只手指点着：“这一张里，我还是个新娘；这一张里，我也是刚刚结婚；这一张里，是我们的孩子；这一张里，我丈夫已经不在了……对了，你妻子也不在了，对吧？你肯定能从这张照片里认出我吧，尽管我的衣服颜色很暗。”

从这个例子可以看出我们当时有多愉快，三个人都很愉快。我只需要踏进这家的家门，说明自己的身份，表明我的诚意，就收获了这样其乐融融的时光。后来在车上，我开始回想这次相遇时，才意识到这一点。不过，当我们一起挤在她家客厅的餐桌上时，她伸出手来抓住了我的手，我没有发抖，而我儿子则一直握着她那只已经萎缩了的胳膊。一切都那么自然而然。

瑞士的不同地区被划成了一个一个的州。我觉得“州”

这个名字非常可爱，总觉得一个孩子在那种地方生活会有很多乐趣。很多人都有一种想法，似乎外面的世界无论什么都很奇妙，而周围熟悉的一切则令人厌倦，我就是这样。我在读一本书时经常试图通过作者的眼睛去观察，他们竟然能在熟悉的事物里发现无穷无尽引人遐想的东西。我知道我也可以，我见过许多人都是这样的，但是这需要改变。其中必须要发生一点变化，如果得不到外力帮助，只靠我自己是不会有什么改变的。

我妻子过去常说，所有人都是精神相通的。她的意思是说，每个人身上都会映射出另一个人的影子，都能立刻感觉到其他人感觉到的东西，有时候甚至有可能让另一个人体会到你的感受。

B 城与 C 城间城际大桥的收费人竟然认识我妻子，我对此简直难以置信。他说他多年前曾观看过我妻子的演出。事情是这样的。那天我们把车停在一边，徒步来到收费站——事后想想，这样做确实有点奇怪——那位收费人立刻警惕起来。不过，我们的谈话还是相当友好的，事情也进展得相当顺利。我跟他解释了我们来这儿的原因，作为收费人，他好像觉得，照他的话说，干我们这一行挺辛苦的，他很高兴能配合我们。不过中间他还是停下来好几次去收费。

“你们也会拦住那些人进行普查吗？”他指着过路的行人问。

“我们可能会亲自到他们家里去拜访。”我说。

“可要是他们住得很远怎么办？”

“不管他们住在哪儿，我们总能找到他们的，不必着急。”接着我向他出示了证明，可是他在上面认出了我妻子的名字。没错，这确实有点不合常理。他大声念出了那个名字，我妻子的名字。我告诉他，那是我妻子。

“没错，可是她就是那个？她……”

“是的，就是她。”

他告诉我们，告诉儿子和我，说他在维瑙一家大剧院看过她的演出。“不过那时我还不认识她，”我说，“我们相识时她已经不干那一行了。”那人想到维瑙大剧院，想到我妻子的表演，不禁大笑起来。

我没有再说话，等着看他是否还会说点什么，可是他什么也没说，只是盯着眼前笑，不停地笑。后来他闭上眼睛，又睁开了，还在不停地笑。儿子和我背靠在收费站廉价的木头墙上，耐心等待着。地上有一泡屎，可能是狗屎，儿子目不转睛地盯着看，因为大群的苍蝇聚集在那儿，此举真是极尽无聊之能事。

最后，收费人的嘴巴终于动了，好像终于要说出自己思考良久的话了。很多人都有这个习惯，就是让自己的听众知道他说出一句话有多么困难，从而做好准备。

“可是，她表演得怎么样？”我忍不住问道。

“我看到她扮小丑插科打诨。”他说，“她那时候很红，开始人们还一点都不了解她，对她一无所知，可是突然之间，她就名满天下了。”

“我那时候刚刚结婚，”他解释说，“就住在我工作的店里，天天忙得晕头转向，钱也挣不了多少，甚至买不起体面的衣服。”收费人说这话时脸色阴郁。

“你也年轻过，肯定知道那是什么滋味吧？不过即便这样，我也决定和妻子一起去看看她的演出。那时候，那种演出还是免费的，而且一直都免费，后来知道，那是你妻子要求的。我知道她演的是小丑，可是她哪方面像个小丑不是很清楚，直到现在我也不明白。你清楚吗？我有点儿怀疑。她的表演叫人困惑，她对生命的模仿……”

他不停地前后走动着。

“我还以为我都忘了呢，”他说，“我好多年都没想过这些了，不过现在又想起来了。”

我们耐心等着。

“她对别人的模仿比我自己四肢的体验还要真实，简直叫人觉得可怕。我的意思是说，叫人忍不住怀疑她的身体里都有什么零件，这些零件是怎么协调，是怎么活动的？她还邀请了一位观众来到舞台上，她自己模仿这位观众的动作。她模仿得惟妙惟肖，后来简直叫人分不清楚是谁在模仿谁。他们俩动作如此一致，就像空中突然出现了一面镜子。观众们好像被催眠了一样，最后，那位观众会忍不住要赶紧逃开，不让她再模仿下去。不过到了那时，她也总会送他们下去。随他们便，都无所谓。报纸上总是称她为一个‘心灵感应者’，不，应该是‘身体感应者’，因为她感应的不是心灵，而是身体。”

他的声音逐渐消失，我们都低着头，凝视着地面。

“不过不可能呀，”他说，“她真是你妻子吗？”

我说是真的。

“那她长什么样子？”

我说我不想谈论这个话题。

他说我们肯定年龄差不多，他儿子和我儿子也年龄相仿。他还说她儿子居然长成这个样子，想想真有趣，她是个小丑，而她儿子却是这样。

我没再说什么，准备离开。

他改变了话题。“再往北去，”他告诉我，“人们就没有我们想象的那么可靠了，你得小心点。”

他又问我有没有她的照片，不管什么东西，只要能证明我的话就行。并不是他不相信我，只是他以后肯定还会想起这件事，他希望能更确定一点。难道我介意这一点吗？我从钱包里掏出一张照片。他看了看，一副不以为然的样子。

“她老了，”他说，“老多了。我从没想过她会是这样的。”

C

我们离开一个地方，又启程到另一个地方，就这样，天气渐渐凉了下来。这是天气变凉后的第一天，儿子站在门口挂着日历的地方，我站在他旁边，我们一起看着日历。我一页一页翻着，每翻一页，就说出一个字母。我告诉他，这个月我们要穿越 H、J 和 M 三个地区，下个月我们要走遍 P、S 和 T 三个地区。我在一张纸上画出了我们要经过的路线，我们将沿着这条路线走过整个秋天、整个冬天，一直走到春天。

他说，等我们春天到了某个地方，他想买一副备用眼镜。我同意了。备用眼镜是个好主意，我应该早点想到的。

可是春天什么时候到来呢？

“你是希望现在就是春天吗？”我问道。

“不，不，不。”他说着让我看了看他的外套。他早就非常期盼能到穿大衣的季节了。“我也是，”我说，“我也喜欢穿大衣的季节。不过等你年龄再大一点，就会发现你的骨头也会变冷，身体没有以前那么暖和了。”

我把自己说得那么老，我们都笑了。“你把自己说得跟爷爷一样老了。”他说。

他想把日历翻到春天的某一月，我们可能会在那个月回来。

我提醒他我们不会回来的，我们要永远离开那个地方。

他突然哭了。

“我们要永远离开那座房子。你不记得吗？”

接下来我们到了一个村子。这个地方有三个村庄位于一条线上，它们的位置形成了一个字母“C”，这是“C”上的最后一个村子。一个推着手推车的妇女卖给了我们一点新鲜面包，并建议我们到运河那里再吃午饭，她就是那样打算的。她说运河是一个名叫霍林的人建造的，是他和他的爱人——一个名叫布里格斯的人——共同设计的。很久以前，他们就住在公路旁边，他们的工作室至今还保存着。“当时，因为他们是两个男人，人们还不太容易接受这事。”她说，“可是有关运河的事他们什么都懂，他们的设计最终被采纳了，所以他们不得不监管运河的修建工程，直到完工。由于当时运河已经开始修建，其他人只好接受事实，听之任之了。”

我说其实有很多伟大人物都是那样的。“事实上，”我开玩笑说，“他们很多人甚至曾经都是女人，不管是他们自己本身如此，还是他们的妻子造就了他们，反正事实就是这样。”不过，她并没有认真听我说话，所以就没有听懂。

“你能再说一遍吗？你刚才说的话。”

“我说其实很多人的所作所为并不是他们的本意，也可能是为环境所迫。”

有时候，交谈是件叫人困惑的事。

我们来到了那个工作室，可惜门锁着，不过门头上有一块黄铜牌匾，上面刻着很小的字迹。看样子，那位霍林是两个人中比较传统的一位，他更喜欢金色型材和传统管道。布里格斯年轻得多，据牌匾介绍，他的灵感通常来源于模样奇怪的东西，比如动物内脏、被炸弹炸得面目全非的地方的照片，以及自闭症孩子的玩具等等。这条运河的一个主要特征就是没有一个地方是直的。事实上，它的作用就是将附近四散零落的村庄连在一起。所以它就在无边的田野里蜿蜒曲折，穿来穿去，目的就是阻止船只从一条水道或海洋航行到另一条水道，因为这条运河的主要作用是利用驳船来运载物品的。此外，布里格斯还提出了一种合理的解决方法，那就是凡运河流经之处，所有果树都要能够被浇灌到。这一点让我想到，在希罗多德有一条古老的大道，以前在这条路上，人们可以连续在阴凉里走上几百英里。那条路在非洲北部，路上有阴凉对当地人来说肯定是种天大的幸运。

我儿子很喜欢浇树这种想法，可我告诉他附近的树全给砍光了，结果他走到离我很远的地方，不愿意回来。

可是，树又不是我砍的。

牌匾上有一张照片，我觉得那像是两个雕像，布里格斯和霍林相互拥抱着，坐在一张长椅上。不过事实上是否真的有这样的雕像我不敢说，至少我们没有时间去找找看。

吃了一块奶酪、一个软柿子和一个面包后，我们来到了运河。正像那位女士说的，这地方确实不错。我们惬意地坐在一个水闸旁边，这座水闸到现在还能用，维护得也不错。迄今为止我见过五六个运河水闸，总觉得这种水闸像是一个磨面机，在它旁边站着时总感觉自己置身于一个巨大的机器里，要么就是在它的边上。这就像是坐在一个巨大的时钟里一样，当然如果我们真能坐进去的话。

我儿子用手摸了摸水闸，爬了上去。他想让我给他照张相，我照做了。他照相时总爱摆同一个姿势，屁股撅着，双手放在一边，样子像是一个枪击手。这个姿势带有浓厚的19世纪色彩，因为他对那个英雄辈出的时代情有独钟，反正当时他摆的就是这个姿势。照片我没有洗出来，不过我相信这张照片一定很精彩。那时候光线刚好落在我肩膀上，他衣服袖子上的纹理都清清楚楚，好像有聚光灯照着一样。

午餐时发生了一件事，跟软柿子有关。接下来我就讲一下这件事，大家可以借以了解他的性格。

在我扭过头去的工夫里，儿子把整个软柿子都吞了下去。我不喜欢他这样，于是就说，我觉得他这样做不是很好。不过很快我就意识到，软柿子这种东西就应该是在一扭头的工夫里大口吞下去的，它不是那种可以让你从容等待的食物。这是一个教训。接着，我们大口嚼起面包和奶酪来，没再说话。

水闸旁边的树林里有很多枯藤，那天天气很冷。我跟大家说过了吧，我们开始人口普查时已经临近年末了，也许这还是个好的开始呢。

我们到北部进行人口普查时已经临近年末了。

不过我觉得这么说有点戏剧性，我更愿意用平实的话说出来，平实描述所发生的一切。不管怎样，那天很冷，我们都穿着大衣。

傍晚，我们到了十英里开外的一户人家，发现女主人竟然就是卖给我们面包的那位女士，我们仨都很惊讶。

“没错，就是我。”她说，“你们跑了不少冤枉路，这儿的路都是转圈圈的。”

“这就是烤面包的地方吗？”

“当然了，要不还能在哪儿？”

她并不打算让我们进屋，所以我们就在她家的大门口完成了人口普查事宜。

“完事了吗？你们要走吗？”

“家里还有别人吗？”

“没有，没有别人。”

“可是我敢发誓我听到了说话声。”

“那是我在说话，我在自言自语。”

“你在说什么？”

“哦，没什么啦，就是大家经常说的那些。”

我儿子很喜欢听我说起我父母亲，讲一些关于他们的事情。他从未见过祖父母，尽管他很想去见见。他问我能不能去看看他们。“他们已经死了，不在人世了。”我总是这样说。

可是他并不在意我的话，对他而言，祖父母就在某个地方，我讲有关他们的故事时，他们就在那儿，我不讲时，他们才会消失。事情就是这么简单。

我讲过的其中一个故事跟我父亲经常戴的一顶帽子有关。我母亲很不喜欢那顶帽子，总想把它处理掉，可父亲总是想方设法保护它的安全，把它藏起来，不让母亲看见，只是等他们出门时，帽子又神奇地出现在了他头上。

那是一个圆顶礼帽，款式很普通，我不明白母亲为什么不喜欢它。

无论如何，她最终总算大仇得报。有一天父亲出门时她找到了那顶帽子，用剪刀把帽顶剪破了。他太粗心了。

我父亲对此事的报复就是，每当坐在院子里看报纸时，脑袋上就戴着这顶滑稽可笑的帽子。后来这顶帽子传给了我儿子，儿子有时候还会把它戴在头上。每次他戴上这顶帽子，我们就会大笑，有时候还做着用剪刀剪帽子的样子，笑个不停。

人口普查的一部分任务就是为这项工作进行辩护，因为不是每个人都乖乖配合的，不是每个人都同意在自己身上刺个记号。你走得越远，就越会发现这一点，至少就目前来看是如此。

好在后来我找到了一个说服别人的好方法。我告诉他们，在做人口普查时，人口普查员经过长途跋涉、穿越千山万水才能来到他们家里，而且每个人口普查员都要想方设法说服他们，都希望在他们身上留下那个标记。虽然打发走一个人口普查员很容易，可是你打算跟多少人口普查员进行争辩呢？因此我说："你最好还是现在就配合我吧，这不是很简单吗？"

如果他们还不相信我的话，我就讲得更详细一点。我说："在我出生的地方，跟我一样的小孩有几千个。童年时期，我们一排一排整齐地坐在教室里，我们学到的知识只有一点，那就是如何用最有效的方式来进行人口普查。我们不认识任何人，也不偏爱任何人。我们被一拨一拨地派遣到外地，像波浪一样被吹到四面八方。我们要遇到各种各样不想遇到的人，要见到各种各样不想见到的事。我分配的这条路线上，还有其他上百个人口普查员在奔走，而这还只是今年一年。我可能是这一次人口普查中第一个来到这里的，但我敢说我肯定不是最后一个。这次人口普查要持续20年，在这20年中，你可能要见到2000名人口普查员。他们会在你家门口停下，重重敲响你家的大门，询问你到底是谁。而且延迟时间越长，情况就会越糟糕，那些人口普查员态度也会愈加冷淡、粗鲁，操作起来动作会更加粗暴。任何事情推到最后都会变得非常糟糕，所以最好还是配合我这么和气的人吧，虽然我可能不是最和气的一个，不过对你应该是最和气的，其他人都不会像我这么关心你的。这样其他人来时你就可以说你已经做过了，他们就会高兴地离开。没有人会再对你多讲什么，绝对不会。"

其实我并不确定这种说法会不会很有说服力，但实际上还是挺有效的。

我在想这番话的时候，对它的真实性有点担心，因为就我所知，这一带不会有其他人口普查员再来了。不过我转念想想，得出了这样的结论：尽管没有人再来了，但是每个人都想以某种方式被别人了解，如果这个人心里那种愤世嫉俗的情绪——这种情绪我们每个人都有——占了上风，阻挠了人口普查，结果他或她只能是伤害了自己。那会多么可悲呀，这个人就只能等着另一个人口普查员到来了。所以由此来看，我只是诚实描述了事实的对立面。就像地狱里的人说的，任何一件事都和它的对立面一样真实。

如果有人无论如何也不愿回答问题，就是不愿意配合，那我就在地图上做一个记号，表明这个地方有人拒绝了我。后来我发现在做这种记号时，自己的心情并没有受到影响。其实我对于人口普查工作的态度非常矛盾，所以不管事情进展如何，我从未感到沮丧，总是心情愉快。

D

开车时唱歌是我们家的传统，这是因为我们的车里从来都没有收音机。我一直以为带有收音机的车会更贵些，至少过去是这么认为的。如今我们已经习惯了这一点，所以从那时起，我们的车上就一直没有收音机。我觉得汽车本来就应该是一种机械骡子一样的东西，也就是说，它可以把你带到任何你想去的地方——你想去哪儿，它都能带你去。它不用跑那么快，也不必长得像骡子那样好看——反正我喜欢骡子的样子——不过除此之外，其他功能都应该跟骡子大致相同。当然了，骑在骡子背上的人通常都唱着歌，这副情景岂不比骑着骡子听收音机更赏心悦目吗？

在通往 D 城的路上，我儿子纵声高歌，我也在唱。我对于即将到达 D 城一事既害怕又期待。不过我并不确切知道 D 城在哪儿，所以对于去往 D 城一事毫无心理准备。大家知道，我父亲的老家就是 D 城，他在那儿度过了他的童年岁月。我儿子扯着嗓子放声高歌，那首歌的内容是，一头黄油做成的牛，这头牛好像是个诡计，用来要弄歌里的某个人。这首歌真是太吵闹了，我不得不制止他，不让他继续大声唱歌，他不太高兴。可是我们已经进入D城，我别无选择。我在竭力回忆30年前我父亲所讲的事情，可惜现在大部分都忘记了。

事实上，D城并没有什么出色的地方。从某种意义上说，你的感觉甚至可能会与多年前骑马拥入这座城市的野蛮士兵一样，只想一把火烧掉这座没意思的城市，把那些尸体的头骨一个个摞起来。每次看到一个毫无特色的地方，这种感觉就会在胸中激荡。人人都梦想着他所期待的地方也在静待自己的到来，这是每一个旅行者的梦想。

也正因为如此，当你发现在自己梦寐以求的地方矗立着的居然是另一种东西，一个破烂不堪的城市，你心里只能冒出这样的念想：快烧掉它吧，烧掉它！然后把头盖骨摞起来！

就这方面而言，我父亲倒是讲过很多有关D城的事情。我自己也对D城了解很多，不过这倒不是因为我特别想了解它，只是因为孩子时期的我渴望多了解一些有关城市的知识罢了。我在倾听父亲讲话时抱的就是这个目的。就是因为这个原因，尽管我努力想要回忆起父亲讲述的内容，可我什么也想不起来，有关D城的所有信息都跟我对城市的普遍理解综合在一起了，要想回忆起父亲的话，我必须首先对自己有关“城市”的观念进行解构，而这并非易事。

无奈，我只有希望这座城市本身能让我想起它，能让我回忆起父亲告诉过我的事情，悲哀的是，结果并没有。

不过，这毕竟是一个城镇，我们挨家挨户地拜访，在那儿待了好几天。据说这里的居民有240位，所以我们得忙活一阵子了。

尽管D城确实不尽如人意，可依然有人住在这里。在进行人口普查时，我们经常会遇到许多奇怪的人，可是又无能为力，我们没法让他们回归正常。不过人口普查所要解决的正是这个问题，但我无法认清并欣赏每一个被普查的人的特质。这确实是个真正的失败，这种失败感在我心中不停萦绕。在跟一个人说话时，我必须了解到这个人独特的地方，然后这些信息又会通过我传回人口普查办公室，这样这个国家（事实上是所有国家）的人民身上最独特、最优越的特性就可以汇集在一起，可以被世人感知。

第二天，我们发现了一个人，他是D城里第一个让我们找到这种火花的人。第四天，我们又发现了第二个人和第三个人。第一个人住在广场旁边一所狭小的院子里，他们家院子里有一个喷泉，上面布满了苔藓。我们敲了敲门，一个留着大黑胡子的人走了出来。我解释完来意，他带领我们来到一个宽敞的房间里，这里摆满了桌子，所有桌子上都摆放着木头拼图、切削工具、板材坯料、钉子、抛光器具、绘图、画笔、线圈、电线等，摞得高高的。

“我是个木匠。”他解释说。

“你还会做木头拼图？”

“没错，我会。”

那些拼图都非常精美，超乎我的想象。我的拼图技术一直很糟糕，我想那是因为我从一开始就主动放弃的缘故。本来应该鼓足勇气、有一个完美开局的，我却从一开始就放弃了。我从一开始就把拼图交给了别人，或者说更可悲的是，我从一开始就在漫不经心地拼拼图。我的确是非常心不在焉，根本没有用心，之所以拼下去只是为了让别人知道我对它有兴趣。如果有一天，我用切碎生姜的缓慢速度终于有了一些进展，比如，拼图的第一部分已经有了眉目，可是这时有个一直观察我拼拼图的人也想动手试一下——在我拼图即将完工之时，他终于忍不住伸手指点一两下，这些人在这个时候总是如此——在这种时候，恰当的做法应当是无视他的看法，自己仔细考虑，哪怕那会延长拼图完工的时间，可是相反，我却总是立刻把拼图交给别人，尽管此时拼图已经差不多算是完成了。这些事情表明，我的天性有多么贫乏。考虑到我的职业就是外科医生，而且在很长一段时间内都被认为是我们那个地区重要的外科专家，这种贫乏就显得更加荒唐可笑了。能在人体上做的所有手术我几乎都做过，而且大部分都很成功，可是偏偏在拼图这个问题上，我始终没有多大进展。

不过我并没有对那位拼图制造者说这些。就在我陷入沉思之时，儿子在屋里转来转去，不时摸摸各种不同的拼图，那位拼图制造者目不转睛地盯着我儿子。

“我可以跟他说话吗？他不会介意吧？他能听懂吧？”

“当然了。”我说。

“我的意思是，他不会突然发病吧？”

“不会的，不会发病的，你可以试试。”

于是那位木匠走上前去跟儿子攀谈起来。他的手不断比画着，肢体语言非常丰富。他俩看着那些拼图，交谈得非常愉快。接着我们去了隔壁的工作室，在这里他们相处得更加愉快了。事实上，那位木匠给我儿子派了一些杂活，让他给自己打下手。于是，我那几天在城里来回转悠着进行人口普查时，儿子就跟着那位木匠一起干活。作为回报，儿子走的时候拿了他一个钻孔机。我甚至不知道钻孔机是干什么用的，他也不知道，于是这个钻孔机就成了那位拼图制造者店铺的一种象征。不过毫无疑问，儿子对那家店铺的印象与我的印象大相径庭，毕竟我在那儿只待了一个小时左右。

在街上到处奔走进行人口普查时，有一天我来到了一个地下室，发现两个私奔的年轻人住在那儿。这些逃跑出来的人是否应当计算在人口普查范围之内一直是个问题，有人认为不用，不过我的观点正好相反。

男孩说话很快，他说他父亲是位拍卖商，而正因如此，他才语速飞快。“他是位拍卖商，所以我说话也快。”他就是这样解释他语速飞快的原因的。女孩说无论发生什么事他都能解释清楚，我说这是一项非常有用的技能。

那个女孩像极了一只天鹅。我眨了眨眼再仔细看看，没错，她的确很像一只天鹅。我告诉她我希望能叫她波莉·沃恩，不过她根本不知道波莉·沃恩是谁，于是我就解释了一下，说波莉·沃恩也是一个私自逃跑出来的女孩，她系着围裙躲在英格兰某个地方的灌木丛里，她的情人以为她是一只天鹅，射死了她，并因此遭到审判。“那后来怎么样了？”她问。“这个嘛，他想逃跑，不过叔叔建议他说，在审判结束之前不要离开自己的国家，因为他们绝不会因为他杀死一只天鹅而判他死刑的。”“可她不是一只天鹅呀。”那个女孩说。“你说得对，”我说，“我一直对这首歌里表达的观点不以为然，不过有人认为，其实那位叔叔的意思就是说不管她是个女孩还是只天鹅，大致都一样，无论如何他都会被无罪释放的。”

他们对人口普查之事一无所知，我只得从头到尾解释一番，把所有步骤都做了，而且还给他们刺上了标记。女孩很坚强，但是男孩在针刺到他身上时叫了一声。我问他们接下来有什么打算，他们说他们要走的方向和我的方向正相反。他们打算在一个人口稠密的地方住下来，并就此咨询了我的意见。我说你们的问题不仅是怎么去这样一个地方，更重要的是去了之后干什么。那个男孩坚信仅凭他飞快的语速这一项本事就足够了，我觉得他说的可能没错。

我告诉他们我父亲大约是在75年前离开了这个地方，他的计划和他们的计划大体相似，并且最终发了财。

那个女孩一直似听非听的，这时却突然插了一句，问我父亲怎么样了，他现在在做什么。我犹豫了一下，终于说他已经不在了。这好像让她有点担心他们自己的未来，我解释说我父亲那时年龄已经很大了。

“哦，”她说，“那是什么时候的事？”

“大概17年前。”

他们相互看看。他们的眼睛在相互诉说着什么，说的是什么我不知道，反正他们彼此心领神会。“我们那时还没出生呢。”女孩说。“17年前，”男孩说，“她还没有出生，我也没有。”

我对他们说，重要的是要弄清楚什么事情值得去做，然后就把全副精力投入进去，专心致志去做，其他的就不用尝试了。“不过总有人会试图说服你们，一直都会有人试图说服你们去做你们无论如何都不能做的事。在人生岔路口上经常会有人给你提出差劲的建议，这就是青春时期最主要的危险，当然，还有自杀。”

她说她知道这一点，她曾经就此考虑过很长时间，她有两个好朋友都是那样死掉的。

男孩高谈阔论起来。他说对现在的孩子来说，自杀就跟谈恋爱一样。

女孩对此表示同意：“确实像是谈恋爱，而且还像是你在卧室墙壁上画上了一扇门，并且试图从那儿穿过一样。我的意思是，你想一下，门一直就在那儿，可是你却一直都没看见。”

她一边说一边玩着一张烂了的扑克牌，那是一张黑桃八。她突然抬起头来：“不过，我喜欢活着。对我来说，我会选择一直活着。”

她说，她有个阿姨开了一家托儿所，她从那儿了解了很多有关植物的知识，她可以从事那方面的工作。

“她自己也可以开一个托儿所呀，跟阿姨一样。托儿所里的所有事物都按部就班，不合规矩的东西就扔掉好了，这样托儿所的小朋友也不会觉得不方便。”

“没错，她可以这样做，她还可以卖花或者植物什么的。”男孩听到这些低声说了一句什么，她打了他一下。

“那不重要，”他说，“一点也不重要。”

她在他耳边嘀咕了几句。

我离开他们来到外面时，天色已经暗了下来。我在冷风中一步一步爬完地下室的楼梯。空气中弥漫着一股泥土气息，阴冷的泥土气息。四周一片死寂，我回头望望，透过地下室破碎的窗户我依然可以看到他们——肩并肩坐在一起，她一边说话，一边用手梳着头发；男孩用手摸摸她的脸。我走开了。

和儿子一起从一个地方转到另一个地方并不容易。虽然我很喜欢四处转转，虽然他也喜欢，我妻子也喜欢，可是这样做还是非常困难，因为别人对待他的方式与常人完全不同。有时候，我们甚至到冰淇淋店买个冰淇淋都不可能。我们可能来到了冰淇淋店外面，排好队，以为一切都万事大吉了，可事实上，这时候通常其他排队的人会和我们攀谈起来，有时候队伍中几个没人看管的淘气孩子还会骚扰他。不然就是大家直瞪瞪地盯着他看，甚至会问一些可恶的、毫无必要的问题。这时候，虽然我们还可以在这里买到冰淇淋，可是买冰淇淋已经不再是一件趣事了，于是我们只能回到车上，回到家里。到了家，我们立刻进屋，坐在那里不愿再动一动。每次，儿子都兴高采烈地在另一个房间里做他自己的事，而我和妻子则只能坐着回味整个过程。那种被人用异样眼光看待、被人排斥的感觉虽然微妙，却是那么深刻，久久侵扰着我们的心。

年龄渐长后，我们对这些渐渐习惯了，也可能是我们的脸皮变厚了。难道这意味着我们不那么在意了吗？我想应该是，不过似乎我们对所有东西都不那么在意了。

这一天，儿子和我站在D城一家冰淇淋店的窗口前时，我想起了这些事情。就是这时，我想到了20年前一件痛苦的往事。不过这件事和其他琐事一样根本不值一提，哪一件都没什么特色。人类的本性就是很容易变得非常残忍，而且变得非常迅速。他们喜欢这么做，因为这是实施他们权力的机会。

D城没有一个人还记得我父亲。如果我偶然说起我父亲很久以前曾在这里生活过，他们通常的反应就是提到他们认识的某个已经不在人世的人，说他可能认识我父亲。这个话题很不错，双方可以就此架起一座语言之桥，这样谈话才可以继续下去。但实际上，这种沟通完全是一种错觉。

在进行人口普查之初，我曾经三次都做了同样的梦。自从长大之后我就没再这样过。这三次梦境竟然一模一样。梦境伊始，我感觉自己是站着的，刚刚站起来。我在客厅里，后面还坐着几个人，三个抑或四个。我对这些人非常熟悉，可他们具体的面貌特征根本看不清楚。这时有人敲门，我起身去开门。敲门声越来越响，我穿过好几个房间，来到一个大厅。敲门声那么响，我简直不敢相信，好像有人想把门敲破一样。不过我并不害怕。我打开锁，开了门，外面站着一个人。

在梦里，站在门外的是我儿子，可我却不是我自己了。他不认识我。事实上，我觉得他好像在找一个人，而且梦里的我也不认识他。不过，梦里没有一点声音。是后来我才意识到，梦里竟然连一点声音都没有。

可是，如果没有声响，那怎么会有敲门声呢？我经常觉得这一点很奇怪。我觉得这可能是有人敲击门环时空气发生了流动，是空气在震颤。

大家可能觉得奇怪，我们的旅程怎么能进行得那么快呢？进行人口普查意味着从一家到另一家走访，每家都不能落下，可事实上，我们差不多很快就不用这么做了。这并不是说我作为人口普查员不负责任，相反，我对工作越来越认真了。我要说的是，我的态度越来越认真，因此就越来越清晰地知道作为人口普查员的我应该做什么，这让我明白我不再需要每家每户奔走了。

不幸的是，我之前给儿子解释我们要干什么时，说的是我们要到每一户人家走访，可现在计划有变，在看见一户人家时，我们总面临着进去还是不进去的选择。对于第二种选择，儿子表示强烈反对。他对一切正式礼节都非常欢迎和拥护，这是他的本性，因此，我们本打算要去拜访每户人家，如今却有违初衷，不去了，这让他很不愉快。

最终，我们差不多算是订立了一个协议，协议内容就是，如果有一户人家他确实想去，那我们就去好了。不过我还在协议中加入了一个警告：在我决定要不要去之前，他必须先表明自己的意见。否则，我相信他会坚决要求每一户人家都去拜访的。

后来有一次，他希望回到一户我们已经去过的人家，这就引起了另外一个问题。我知道他是喜欢在那一家的经历。那一家住着一对老年夫妇，对人很友好，还送给了我们一些苹果酒和其他东西，也许是枫糖。既然这样，我就同意了儿子的要求。

我们回到那所房子，到门前敲了敲，老太太出来了。

可老太太的样子好像忘记了我们曾经来过这里，不仅如此，她好像根本不认识我们。尽管我不认为她会不记得我们，可是她的确没有流露出一丝不自然的痕迹，样子非常镇静，若无其事。她请我们进来，我们把之前的事情重新讲述了一番，苹果酒的事也讲了。这一次，她丈夫没在家，不过有一个女的在场，好像是位表亲，所以我觉得她这样表演肯定有一定目的。她们肯定把这当成了一个玩笑，但是由于某种原因她们还是决定继续演下去。

我很久以前就相信，一个人做善事并不总需要一定原因，做什么事也不必非要合理，这就是证明。

我们逐渐往山区挺进，地势越来越崎岖。一路上有松林、峭壁、湖泊与小溪相伴，这些东西就像是白墨水画出来的长线条一样。在铅灰色的天空下，我们在一条小溪里稍事梳洗，那种寒冷正是人们所谓的从未感觉过的寒冷，一辈子只能体会一次。那种彻骨的冰凉，只有你发现屋里有鬼的时候才能体会到。

我们在一个旅馆里待了三天，旅馆下面有一条瀑布。我随身带了一本穆特的书——《跳水中的几何学》。书里是一系列手绘插图，有时则是临摹的照片。穆特会找到那棵树，了解它的详细尺寸，对于栖息在这棵树上的鸬鹚也一样了如指掌。她照了很多照片，对着照片不停描摹。书里每一页上都是那棵树、那个池塘，按比例缩小。她，穆特，热切地希望世人都能够了解鸬鹚，并采用各种方式去实现这一目标。

我好像可以看见她带着那顶黑皮帽，手里拿着画具，蹲伏在池塘对面，一动不动地制图、画画，心里怀着美好的希望。尽管她是位卓越的市长，社会交往能力极强，尽管她有多个子女、三位丈夫，当时还被誉为优秀的剧作家，不过我还是非常确信，她真正的愿望应该是脱离自己的身体，化身为一只真正的鸬鹚。

大多数想要变成动物的人，其实从本质上讲，只是想要成为一个住在动物身体里的人。不过穆特并非如此，完全不是。我敢说，她肯定是希望成为一只纯粹的动物，从来不曾当过人类。她梦想着自己有朝一日醒来会变成一只鸬鹚，而且这只鸬鹚某天在树枝上休息时，绝对不会想到自己曾经是一个女人，而且是一位市长。当然了，即使我们想象自己以某种方式变成了一只动物，摆脱了作为人类的一切特征，可我们依然难以明白那会是一种怎样的感觉。

其实穆特也曾谈到过这一点。她曾在书中写道：

黄昏给一只鸱鸮的感觉与给人类的感觉完全不同。我们人类没有掌握一技之长，我们要想支配一样东西，就必须先改变它们的形状，因此不能理解具有天然的本领是什么感觉。而像鸱鸮这样天生的掌控者，无须努力就能获得对其他动物的统治权，只需要尽量伸长翅膀上每根羽毛，或者伸出尖尖的嘴巴、动一动灵活的眼球就可以了。可是对于我们而言，我们只能消除牛羊等动物的野性，这样才能驯养它们。要想骑马，我们还要驯服马匹，让它听从于我们的命令，这样才能保证它允许我们骑在背上。但是一旦经过改变，这些动物身上就带上了人类的痕迹，不再是原来的样子了，它们只是为了满足人类的需要而存在。所以，人类对于征服动物的胜利毫无光彩可言。

在人口普查办公室，我的一位上司告诉我：“你要去什么地方都有一个固定距离。你知道这个距离是怎么确定的吗？”

我没有回答。

“好吧，你可以说这是由许多变量决定的，比如你的速度、地形地势、人为障碍、疾病等，不过我要说的并不是这些。”

作为一名医生，我一生中大部分时间都没有上司来指示我该怎么做，因此观察这位上司的所作所为对我来说非常有趣，觉得做与之相关的工作也相当不错。我觉得他对人口普查的了解比我多得多，很多事我都需要他来指导，如果那天我没有了解这些事就离开了办公室，结果肯定会失败得很惨。

我这样说是为了解释，为什么那天在他昏暗的办公室里我会那么聚精会神地听他说话。我甚至还可能前后走动了几圈，当然那并非由于局促不安，而是因为对他讲的每一点新知识我都非常期待。

他继续说。“无论老少——当然，你年纪已经不小了——人口普查员的普查范围是由他们的寿命决定的，直至抵达‘最终归宿’之前，他都要一直走下去。现在你就在朝着那个方向前进。不到一小时前，我考察你的履历时就决定要雇佣你，不过这并不是因为我觉得你可以胜任人口普查员的工作，而是因为我知道你已经是一名合格的人口普查员了——你一直都是一名合格的人口普查员。不过现在你的努力就要融入这个集体了。”他说着，用手指了指一个木板，木板上用加粗字体写着一行字：人口普查团体是不受国界限制的。

“你知道吗，人口普查局的历史其实比这个国家的历史还要悠久。”他问我。我说我还真不知道。“你相信人口普查局会比你的生命更长久吗？即使你不在了，人口普查局还会依然存在下去。”我说我希望如此。

他指引我来到一个巨大的书柜前，柜子里装满了皮面装订本，成百上千，一直贯穿了整个走廊。他蹲下来，打算从里面取出一本书，可是又犹豫了。这是众人努力的结晶，即便仅仅是靠近它们，对他来说已经是一件非常沉重的事了。“艰苦的工作，艰苦的工作。”他说，眼睛里含着泪，“这是艰苦工作的成果。”他告诉我。

我深受感动。不过他手上戴了好几个不同社团的戒指，让我不能再看下去。他举起手来讲一件事时，我闭上了眼睛。

我一直不怎么瞧得起加入各种社团的人，总觉得只有弱者才会加入这些团体。需要别人赞同是人类本性中最令人厌恶也是最可悲的一个方面。难道就没有一个人能够在自己梦想的帐幕下独自漫步吗？

我和妻子的计划就是我们三个人生活在一个地方，直到，按她的话说就是，直到树木死亡，直到树木披着苍翠的叶子进入严冬。可是，她在某天上午小憩时破坏了这个计划。当时我正窝在离她不到三英尺远的一张椅子里读书，她肯定在至少一个小时前就咽气了。后来我站起身，问她要不要我从厨房给她拿什么东西，她没有答话。我去了厨房，很快又回来，这时我才发现了。

她的计划就是我们三个同乘一个木筏，一起离开这里。

这个计划对于我们是个极大的安慰。不过她的芳魂渐渐离开她的身体，我却依然活着，于是这个计划就只能束之高阁了。也许这就是我要担任人口普查员一职的原因。我希望四处旅行，最终到达一个地方，虽然到现在为止我还不知道这个地方在哪儿。

向儿子说明他妈妈发生了什么事的过程跟我想象的完全不同。我跟他说过好几次，用不同的方式。第一次告诉他这个消息的时候其实也是我第一次告诉我自己。他对于死亡这件事能了解多少，我真不知道，因为他对活着这件事的理解跟我的理解并不一样。

过去他常常玩一种游戏，他在里面扮演一个士兵。他会冲到院子里，在灌木丛里四处游荡，接着灌木丛里会发生战斗，他会中弹死亡，颓然倒地，要么是倒在一棵树下，要么就是倒在电线杆下。那时他会死去，战死沙场，他知道这一点。在扮演这个角色时，他能感觉到死亡是什么样子的，所以从不慌忙。这时，经常会有人敲我们的门。

“你知道你们院子里躺着一个人吗？”

“是啊，知道。”我们会说，“没关系啦，他才刚死，他在演戏呢。”

我看着她躺在椅子里的样子，心想：难道她也在演戏吗？她会是在戏弄我吗？

我们随后去的地方围着高高的篱笆，看上去一片凄凉——这样说一点也不过分，确实很凄凉。那里有一扇门，可是进不去。门上没有门环，也没有门铃。不过我们站了一会儿，就有人来到门口，把我们让了进去。来的是个男孩，同时还有其他人在房子里观察着我们。我看到窗口有一张脸，隐隐感觉那张脸上似乎带有敌意。

我们来到门口，走了进去。屋里摆满了床，角落里还放着一个火炉。这时，他问起我们的来意，于是我们就此解释了一番。在我们解释的时候，这个六口之家似乎认为我们是他们的敌人——即便不是敌人，至少也应该是敌人的使者，而这些敌人是他们早已听说过的。当然这只是我的猜测。我还猜想，在他们看来，所有外人都浑身浸满了毒药，而我们就是两个来自南方的穿着绿色毒药服装的敌人。

就这样，我详细地向他们解释说我们来这里是为了进行人口普查这样一项崇高的事业。我看到了他们的反应，可是关于人口普查这一话题我说过太多次，要停下来还真不容易。

接下来是一阵长长的沉默，偶尔会被房子后面某个地方发出的金属撞击声打破。

“那你就要记下来我们住在哪儿，家里有多少人了，对吧？”

我说正是这样。

门依然敞开着，从窗户里可以看到我们的车依然停在大门外面。它就停在离这儿几百英尺的路上。接着，我的注意力又回到了屋里。

这家有三个孩子，两个还年幼，一个可能到了上学的年龄。跟普通孩子一样，他们很快围到了我儿子身边。虽然他们之间并无交流，但其实互动就在无言间，而且结果总是几个人朝着一个方向跑去。事实也的确如此，他们一起去了另外一个房间。

“我们不想听你问问题，也不会回答你的，更重要的是，有关我们的事你什么都不要记下来，不管为了什么原因都不要记。”

另外一个男人斜靠在门上，显然他不是这家的男主人。他模样凶狠，脸上全是嘲弄的神情，不过到目前为止还没有开口。我们做医生的一眼就能看出，他的手是惯于拿武器的，只要不做杀人放火的勾当，这双手就不会满足。这时，站在窗口的那个人突然开口说道：“也许我们不答应他们，他们是不会走的。”

没有人应声。于是他又说：“你带针头了吗，老头儿？你会在我身上刺标记吗？我可不像你想的那么傻。我去过南方，我知道你是干什么的。”

他往我身边凑过来，离我的脸只有一英寸远：“你绝对不可能在我身上刺上标记的。绝不可能。”

我一动没动，静静望着他。这样的人其实都很胆小，如果从一开始就不害怕他们，通常就能摆脱他们的威胁，但是一旦你屈从于他们的淫威，就会一直处于下风，很难脱身了。

他讪讪地退回到墙角，拳头在墙上猛击了一下，低声骂了一句。

我仔细考虑了一下，可是毫无办法。

当时我清晰意识到我有多么倔强。事实上，我的倔强确实无可救药，我不愿屈服，这一点非常明显。为什么我会如此倔强，我自己也很难说清。一般情况下，我会随便说上几句话就走了，可能是因为我很高兴能重新上路，永远不再见到这些人。可是现在既然我站在这儿，既然我目睹了这一切，我就不可能把它们忘掉。更重要的是，我觉得可能是因为房子后面发出的金属撞击声引起了我的注意。这件事就是这么简单，不过这还是让我头脑麻木。如果你现在邀我下棋，我肯定挪不动一个棋子，因为我分不清哪个是马哪个是车。

就这样，我站在这个低矮的屋檐下，几乎半蹲着，直直盯着眼前这个人，而其他人都在等着我的回答。他在墙上的猛然一击余威犹在，我觉得时间似乎才刚刚过去一两秒钟。

我说："你们既然把我当成一位客人来招待，那么我现在看到的事情是绝对不会说出去的。但是我从篱笆外看到的东西，我在进到你家之前看到的东西就是我自己的事情了，既然那是我自己的事，那我想跟谁说就跟谁说，想在哪儿说就在哪儿说，想什么时候说就什么时候说。"

这家的主妇脸色发白了，丈夫也摇了摇头。

这确实是个问题，人口普查对他们来说确实是个问题。我们都陷入了沉默，金属碰撞声响了一下又一下。

最后那位妻子平静地问："你干吗要带着孩子跑来跑去呢？有什么目的吗？"

"这可以让我们更亲密。"

那女的咒骂了几句，不过她丈夫阻止了她。

我竭力想要搞清楚女人的意思，难道因为我的人口普查员身份，她在诅咒我儿子吗？或者相反，她是……不过这时她丈夫吸引了我的注意力。

看样子他想说什么，而且想让我知道。很快，他告诉我治安官曾经来过这里一次，想从他们嘴里套出一些信息。说到这里，他问我我认为那位治安官是不是得到了他想知道的信息，同时他还问了另外一个人，看他对这件事是怎么想的。

另一个人回答说治安官确实问到了一些信息，不过那是不是他想要的信息，鬼才知道。

我看是这样，女的想要说什么，可是男的打断了她，他的声音就像是一条潮湿的鞭子：

"没事非跑到别人家是什么感觉？你有什么资格可以这

样做？”

他每次说话都要摇头，看来这是他的习惯性动作。

我这时候的感觉就像是骑着自行车下山，而且马上要从车上摔下来了。这时候该怎么做你很难有一个规划。

这时屋里突然传来了笑声，是从隔壁屋子传来的。我们扭头一看，原来是孩子们回来了。大点的女孩兴高采烈地拉着我儿子的手，他们就站在那儿看着我们。金属叮当声停住了，取而代之的是一种“呼呼”的声音。孩子们玩得很开心，他们脸上洋溢着的光彩，就像是我们看不见的阳光。

接着他们开始说话了,先是一个人,后来都开始叽喳起来。

“你们要待多久？你们要待多长时间？多长时间？你要一直住在这儿就好了，最少住一个星期吧。”

沿着公路走下去，在第一个转弯处，有一间小屋。一个60岁的老头住在这里，他的脸就像是个喇叭按钮。我们三个人坐在他厨房的餐桌旁边，他给我们端来了朗姆酒，我们慢慢品味着。我给他讲述了在上一家发生的事。

他说：“10年前，他们刚搬来的时候，我就住在这儿。不过当时只有兄弟二人，后来女的也来了。他们有时候会进城办点杂事，有时候还会到我家来看看我，跟普通的善良基督徒一样。你知道哪一点很有趣吗？每次你见到他们，都会感觉兄弟二人中有一个是当家的，能管住另外一个，但事实并非如此，那个女的才是拥有两兄弟身心的人。他们就是她的玩偶，不管他们说什么，那些话一定是她先说过的。她在离这儿几英里的地方长大，她做过很多事……”

说到这儿，他往地上吐了一口。反正这是他自己的屋子，他就吐在了地上。后来，他又给我们加了点朗姆酒。

“祝你们一路平安，”他说，“喝点朗姆酒，一路平安。”

他笑了起来，声音很嘶哑，简直不像在笑。不知道你们有没有听过这种笑声？

老人又拿出来几张照片：“这是我妻子和女儿的照片，她们都很漂亮吧？”

“很漂亮。”

“确实很漂亮，一点不假，没人说她们不漂亮的。”

“她们都过世了吗？”

“没有，她们住在别的地方。你知道，我跟她们相处不好，我有时候就是一个混蛋。”

E

这个孩子现在开始试图了解我了，这也是他对我慷慨大方的一种表现。

“可是你为什么要干这一行呢？为什么不当医生了呢？”

好几天过去了，我们走了很远，也见了不少东西。有些东西还记得，有些已经忘了。如今我们坐在一栋维多利亚时代房子的门廊下，这栋房子旁边还有很多别的房子，古老，雅致，很多都是木头建造的，当然也有石头盖成的。现在我们从山区进入了盆地地带，我猜 E 地大概就是从这里开始的。在盆地中间有一块突起的高地，高地上面是一个古老的居民区。

路上，我们见到了一栋高大的银行大楼，还有几座教堂。“150 年前，”他们说，“这座城市大约有 30 年的辉煌时期。”财富的短期繁荣在这座城市留下的痕迹大部分都体现在建筑方面，这是人们财力最外在的表现。不过与其带来的优势相比，财富也可能是一种压力，它失去之后留下的只有空虚。

我坐在一把摇椅上，儿子坐在台阶上，一个小男孩坐在我旁边的另一把摇椅上。

“你为什么要干这个呢？”他又问了一次，“难道你不喜欢帮助别人吗？”

“我喜欢呀，可是我想做点其他工作。”

他能理解这一点。他说他八岁时对化石非常着迷，可是现在他都九岁了，一切已时过境迁。

“不过，”他说，“九岁的好处就是你可以回头想想自己八岁的样子，并会清晰认识到当时你对很多东西的理解都是错误的。”他告诉我他当时认识很多化石，能记住它们的名字和形状，还能在本子上写出它们的名字。要是我想看，他可以把本子给我拿来。他甚至还有一个三叶虫化石和好几个植物化石。他并不认为动物化石比植物化石高级。他最好的朋友，顺便说一句，这个朋友现在虽然也九岁了，可还是很喜欢化石，这位朋友就觉得动物化石更好。“这一点很有误导性，因为动物化石又不能活动，”孩子认真解释说，“它们又不会像真动物一样到处活动。你知道什么是化石吗？”

我说我知道。

“那还行，不错。”

他的口气表明他并不相信我，至少不能全信。

他父亲出来了，给我看了几份文件。他们是从其他地方搬到这里的，而这需要记录在人口普查档案里。事实上，我对这种事一点都不感兴趣，不过别人到另一间屋子拿文件的时候，我只能等着。我已经学会了等着事情发生，等着任何可能的事情发生。

“你觉得怎么样？”那人问道，“这些够吗？”

“够，”我说，“这些足够了。”

那天晚上在车里，我告诉儿子说一个人生活可能会感到寂寞。“不过，”我解释说，“也有一些人自己生活但从不觉得孤单。那怎么可能呢？”

我们都认真考虑了一会儿。

我告诉他，因为我目前在研究穆特的书，所以一直忘不了有关鸬鹚的事，我们车上所有的书都是穆特写的。

有关鸬鹚的念头依然萦绕在我头脑中，挥之不去，现在又逐渐融入了孤单这个概念，我好像不由自主地陷入了有关孤单的想法之中，就像受到了艺术的吸引一样。在这样的思绪中，我想起了圣尼古拉斯岛上的那位女士。不过看样子，这位女士是不大会有寂寞和烦恼的。之后，借着车上的朗姆酒，我兴致勃勃地给儿子讲起了这位女士的逸事，她在1853年被发现的时候，已经在岛上生活了18年。当时，她穿着鸬鹚羽毛做成的绿色裙子和营救人员一起来到了岸边——从来没人见过那样的裙子，那条裙子已经成了她的第二层皮肤，就像隐士身上的蟹壳一样。虽然说起来好像不可能，但那件用鲸鱼筋缝在一起的鸬鹚羽毛裙，就披在她身上。可以说这条裙子就是她在岛上所遭遇困境的外在表现，从某种程度上说，这也是她受到别人评判和赞美的主要方面，因为除了拥有非凡的生存能力外，在其他方面她都非常普通。

他想知道那条裙子在哪儿。我告诉他那条裙子在梵蒂冈，因为那是一条不可思议的神奇裙子，它代表并蕴含了未知事物的精髓。因此它成了无价之宝，价值连城，并被送到了梵蒂冈，那个地方就是专门储存人类无法理解但是必须保存下来的宝物的。我说有一点很可笑，这条裙子好像在梵蒂冈什么地方不见了。他听了并没有笑，而是直盯盯地看着我，等着下文。

前面的路一直在往下倾斜、倾斜、倾斜，而且是在一个夹缝之中穿行，所以我们前面要去的地方根本无法看清。当然还有另外一个原因，当时已是深夜。我继续说："她自己发明了一首歌，并对营救她的人员和其他人反复唱个不停。Toki Toki yahamimena / Toki Toki yahamimena/ Toki Toki yahamimena/ weleshkima nishuyahamimena / weleshkima nishuyahamimena / Toki Toki yahamimena ……"

儿子没有问我那首歌是什么意思，原因是他从来不问那一类问题。假设有种东西一览无余地呈现在你眼前，然而你却不明白那是什么意思，希望有人能给你讲解清楚，也就是说，希望有人告诉你眼前的事物是什么意思，这样的事对他来说是从未发生过的。如果有一样东西根本是看不到的，没错，这时候他反而可能会问，可能会问到其中的一点点。比如，如果看到一只野兔或一个晶洞，他可能不会问那是什么意思，但如果看到一只万花筒，他就会问那是什么意思——那是什么意思呢？

不管怎样，我还是想给他讲一下这首歌的内容，于是我讲了起来。我说这首歌还有很多需要研究的地方，我们对它的了解还很少。有人是这样翻译这首歌的：

我在这里心满意足，因为我能看到自己活着离开这座岛的那一天。

但是对这种翻译大家争议很大，原因有很多，最重要的是，因为译者已经明白了那个女人遭遇的困境，所以才会这么翻译。传说她曾经对一个捕捉水獭的人唱过这首歌，这人又多次唱给他的朋友听，所以这位朋友也把这首歌熟记于心。数十年后，这位朋友又唱给了另外一个叫作塔拉威亚施韦特的姓名不同凡响的人，这位塔拉威亚施韦特又给我们把歌词翻译了出来。1913 年的蜡筒唱片里就能听到有人唱这首歌，而这一年，刚巧就是历史上记载的死于闪电人数最多的一年。

我们可以从另一方面看问题，不管她在岛上唱什么歌，歌词里都会有两重意思。第一层就是歌词本身的意思，第二层的意思是，“我在这里心满意足，因为总有一天我要离开这座岛的”。

当然，我们也可以认为这首歌明显是说，她在岛上过得心满意足，因为她还活着，其实，她根本不需要离开这座岛。

一百多年后，有人在她住过的山洞里发现了很多盒子。那些美丽的红杉木盒子里装着几百件手工艺品，有用鱼钩、贝壳做成的碗碟，用赭石和皂石做成的装饰品。此外，人们还找到了她用鲸骨建成的房子，依然矗立在朝向大海的一处山坡上。

我们很容易就能想象到她在1841年的一个早上，看到鸬鹚等动物在波涛翻滚的大海上飞来飞去的画面。当时她差不多30岁，正值盛年。我想，如果她确实唱了“Toki Toki yahamimena”这样的歌，如果它的意思确实与离开岛屿的日子有关，那么随着时间一天天过去，她有没有想过离开岛屿的日子和她死亡的日子哪个先来？这首歌事实上会不会有更深层的含义，比如有关人生，或者是渴望脱离这种生活的意思？即使她真的离开了这座岛，她又怎么能知道将来会怎么样呢？

事实上，她回到大陆以后只活了七个星期，最后被葬在一个没有任何标记的坟墓里。即使在这短短的时间内，她也已经发现，根本没有一个人能明白她所表达的意思，因为没有人能听懂她的话，所以她只能自己不停地哼唱那首歌。我一直好奇她唱歌的声音会有多大，是自己低声哼哼呢，还是唱得很响亮？

面对这个史诗般的故事，人类的反应毫无意义。像鸬鹚羽毛裙子那样闪闪发光的神秘事物就摆在我们面前，可我们又有什么东西可以用于交换呢？

我敢肯定，穆特也知道圣尼古拉斯岛上的这个女人。她曾在别的什么地方提到过她，不过我一直没找到在哪儿。我记得大概情况是这样的：穆特尽其所能地想要切断这个女人与鸬鹚之间的一切联系。她觉得这件鸬鹚羽毛裙子与她所了解的鸬鹚没有任何关系。这样使用鸬鹚的羽毛虽然表明了那个女人的聪明才智，但是穆特认为，这也表明她对于鸬鹚完全不了解。

对于穆特来说，圣尼古拉斯岛的这个女人完全不在她考虑的范围之内。

不过，那个女人既然能穿着防水的鸬鹚羽毛做成的裙子，这也足以表明鸬鹚裙子有用的一面。我幻想着自己向穆特提出这个问题，向她的权威挑战，不过我无法确定她是否能够忍受有另外一个人跟她谈起有关鸬鹚的问题。

穆特在这个世界上最不屑的就是养鸬鹚的人了，她对他们确实非常蔑视。养鸬鹚的人一个个足智多谋，只是过于残忍。他们在鸬鹚的脖子上系上绳子，把鸬鹚驯养得服服帖帖。鸬鹚脖子上的绳子系得很紧，只有很小的鱼才能通过它们的咽喉，稍大点的就不行了。渔夫悠闲地坐在船上，而鸬鹚则潜到水里捕鱼，做它的本职工作。最后，鸬鹚在经历了作为鸬鹚可能经历的一切后，终于抓到了一条诱人的鱼，可是待它要吞鱼下肚、享受盛宴之时，却发现自己无能为力。它潜在水下，嘴里还衔着一条鱼，很快就喘不上气了，于是只能上船求助。它求助的不是别个，正是养它的人。但在渔夫的眼里，他只是坐在自己船上，而他的宠物鸬鹚则衔着一条鱼从水里钻了出来，一切都那么自然而然。然后他把鱼从鸬鹚喉咙里掏出来，就此挽救了鸬鹚的性命。接着鸬鹚再次跳下水去，不久又是一条大鱼横亘在喉，不吐不快。

在旅途中，我对于每天是星期几并不关心，不过我知道，我们偶然赶上一场生日晚会的那天是一个星期二。

我知道这一点主要是因为，过生日的那个人名字就叫“星期二”。那是他父母的一个恶作剧，他叫星期二，他弟弟叫星期三，他妹妹叫星期四。

星期二带着一个非常滑稽的生日围嘴出来开了门，他非要我们参加他的生日晚宴，怎么说都不行。说实话，那确实是一顿美餐，他的儿子女儿、妻子母亲全都在场。大家唱歌唱了很长时间，不过并没有送礼物。很明显，星期二什么都不缺。我问起礼物的问题时，他回答说，他不会给某个人添麻烦让他买礼物的。

我们在草坪的椅子上一直坐到夜幕降临，儿子已经睡着了。星期二主动邀请我们住下，我谢过他，说我们想走的欲望还是很强烈，因为我希望能尽早到北方去。不管怎样，他的生日还是让我觉得，尽管我这一生不会再有一次过生日的机会了，但我还是应该朝着那天努力，一定要坚持到年末。为了实现这一点，我赶快把儿子扶到车上，给他盖上一床毛毯，然后在深夜里沿着一条模糊的公路继续前行。偶尔有灯光照亮路边的人行道，可那些地方对我来说如此陌生，抽象得可怕，有时似乎离我非常近，有时又似乎离我很遥远。

年轻的外科医生通常会面临自己想象不到的处境。有些事可能从一开始就非常糟糕，在没有面临这种处境之前，你永远想不到会发生这样的事。你想不到自己会遇到这种状况，想不到自己要处理这种麻烦事。你可能会想，明摆着这种情况已经无可挽回了，然而在种种努力之下（有时候可能仅仅是运气好），一些最糟糕的情况居然峰回路转，再生希望，而且就发生在你的眼皮底下。这时，护士们全都注视着你，其他医生也都注视着你，有时候病人醒来了，他也在目不转睛地注视着你。大家都在好奇：他会怎么办呢？他会怎么解决这件事呢？不过有时候根本没人知道你要解决的究竟是什么事。

这样的结果就是我最终会找到一种解决机制。我不能说自己已经为最坏的打算做好了准备，因为这样的准备其实并不存在。不过人们总有一种荒唐的念头，认为糟糕的事情是由什么非同寻常的力量强加在你身上的，你能做的就是想方设法渡过难关。因此，如果有人被垃圾车撞断了腿，而我，手握手术刀，站在手术室的手术台前看着这条腿，思考自己接下来该做什么。我好像在空中俯视着下面的自己，我在想，这怎么可能治好呢，我该怎么做才能给他治好呢？这时我会有一种非常强烈的感觉：人生多么荒谬，真的没有一点意思。所有人都只是大小不同的物体而已，如果他们彼此距离太近，就会幸运地撞到一起。

我既擅长采取有效行动，又喜欢冷静的哲学思考，随着年龄渐长，在我辞职之前，跟我共事的护士与医生们经常听到我在做手术时会自言自语，咕哝一些奇怪的对白。这成了一个经久不衰的笑话。这一点确实很有趣，因为我在这时候悟到的东西比其他任何时候都多。比如，如果我这时想要说话，别人一定会认为我是在胡言乱语，不值得一听，然而事实上，我在做手术的时候通常总会灵感大爆发。

我至今还记得我得到医生背包的那一天——那是个黑色的皮包，里面装满了各种仪器。那是很久以前的事了，现在的人可能已经不再使用这种装置了。不过这对当时的我来说却非常重要，至今我还记得当时的心情。我满怀敬畏地看着它，想着此后可能会遇到各种各样的手术——当然现在我在这些手术方面已经很有资历了——而我拥有的则只是这个不显眼的工具箱。药物创造的奇迹就在于居然能令人的伤口真的痊愈——虽然伤口并不大，不过其主要原因还是在于运气以及身体自然复原的能力。从某种程度上说，人们对我们的信任其实是一种伤害。因为如果他们病情好转，我们的功劳没人在乎；但如果病情加重，受到埋怨的则总是我们。然而事实上，我们的存在对于他们的病情好坏并无多大影响。

还记得有位老人来到我那儿，说自己胳膊疼。我给他做了检查——当时我还在一个地方级的小型医院里——发现他的右肩膀有点脱臼。治好后，他出院了，可是两小时后他又回来了。为什么呢？因为他的左胳膊又脱臼了。据他说，他的右肩膀那种情况已经好几年了，是我治错了地方。

我在签名确定要投身于人口普查的崇高事业时，有人告诉了我一个挺奇怪的事实：那些因为人口普查而东奔西走的人员和其他行业的工作人员不一样，他们不仅没什么特权，也不受任何保护，甚至还失去了基本的权利保障。任何人都可能伤害、攻击、杀死或者侮辱一位人口普查员，而且人口普查员还没有法律追诉的途径。

为什么会这样呢？因为人口普查员必须对人完全无害。如果他们的在场会让别人承担某种责任，那么他们的存在也是对别人有害的。这就是说，如果人口普查员有可能就自己在某户人家所受的伤害提起诉讼，那就不会有人让他进门的。

正是因为缺乏合理的保护，才导致经常会发生人口普查员在不同地方、不同环境下死亡的事情。如果他们是普通公民，这些事件的性质肯定会被判定为谋杀。那么人口普查局对这些耸人听闻的情况抱有什么态度呢？他们会说，人口普查是一个巨大的躯体，这个躯体由一个个活细胞组成，每一个活细胞就是一个人口普查员。一个单独存在的活细胞是没有价值的，但是组合在一起，大家都知道它有多么重要了。

这种情况肯定会造成人员招聘方面的困难，可以想象，这种困难应该非常大，可事实上，人口普查员都是完全自愿接受这份工作的，这可就让有关人口普查员的传说变得更神奇了。人们好像总是在寻找新的殉道者，而这些人口普查员就是新一代殉道者。

我把印有人口普查守则的牌子放在杂物箱里。我不知道这个牌子的作用是什么，也不知道应该把它放在哪儿。这个牌子上清晰地印着如下字句：

如果有人邀请你到他们家里去，一定要进去。

即使自卫时也不要伤害任何人，无论语言还是行为。

着装得体，干净整洁。

不要抱怨，不要有任何伤害人口普查名声的行为。

不要奢望有人会帮助你，因为没人会帮助你。

每月一次将所完成文件送达你的派遣中心。

我本来要提到一点的，可是忘记了。

那个热衷于化石的孩子的父亲的红色头发已经有些发白了，他曾私下告诉我说他是从另外一个很远的区域搬来的，搬家的原因是他们要求他出具一张证明，犯罪案件方面的证明。因为他在自己家里目睹了街上的一起谋杀案件。不过见证这起谋杀案的人并非只有他一个，事实上，看见的人多达几十个。问题是，那个杀人犯在当地很有影响力，没人愿意出来做证。

“我还要考虑妻子和儿子的安全。”他说，“我本不想那样做的，可是不知怎么就稀里糊涂答应了，而且真的做了证。”

“你是不是必须要出庭做证？”

“我就站在证人的位置上。由于我的证词，他被判有罪，吊死了。”

“可是你为什么改变主意了呢？你本来不打算做证的，为什么又去了呢？”

这时他妻子也进来了。她身材矮小，眼睛是灰白色的，微黑的皮肤光洁美丽，简直耀眼，头上戴一顶矩形帽子。我一下子就被迷住了。而她则目不转睛地盯着她丈夫。

她是看他会怎么回答我的问题，可是他什么也没有说。她大笑起来。

“你为什么不告诉他你做证的原因呢？为什么不说呢？”

她又看看我：“这是一个谜，你没看出来吗？”

她笑了又笑，笑个不停。“我喜欢这样，”她说，“这是我们生活里最可怕的事，因此我们才搬到这里来了。这样说吧，你看见那棵树了吗？”

我朝着她指的地方望了望。窗外，银行大楼旁边一个倾斜的公园里有一棵高大的树。

“我看见了。”

“如果现在那个人就吊死在那棵树上，而且你能看见他，你就一切都明白了。”

我想了一会儿，说了声“哦”。

“没错，”她说，依然笑个不停，“他们是兄弟，孪生兄弟。”

她拉住他的胳膊，两人肩并肩站在一起。他脸上没有一丝笑意，不过他还是说：“我很高兴我们想起这件事还能这么开心。你觉得这件事值得开心吗？”

我不太确定他问的究竟是什么，只是点点头。

他从壁炉架上拿下来一张照片，上面是两个男孩站在一个篱笆旁边，背景是一只孔雀。

“哪个是我？”他问。

我儿子曾经在很多场合走失过。每次我们到人多拥挤的地方，他总喜欢做自己想做的事，而这件事就是走丢。到了这个时候，找到他就很难了。热闹的人群让他目不暇接，熙熙攘攘的市场、动物园、马戏团、广场、路上、大都市的火车站都会吸引他全部的注意力，而在这些地方，他一旦走丢，我们就很难找到他。再次找到他的时候，我们能明显看出，他是在竭力避免被人找到，只是方式非常被动。也就是说，他被那里的景致完全吸引住了。能看到那么多东西令他兴高采烈，根本无暇不让别人注意到自己。在这一点上他非常老练。有很多次，我妻子和我几乎把所有地方都翻了一遍，有时候帮忙的人甚至多达数十人，可是依然不见他的踪影。那么最后是在哪儿找到他的呢？原来他正站在某个橱窗前跟一位老太太吃冰淇淋蛋卷呢。有时候是跟一家亚洲游客在一条火烈鸟状的船上泛舟；有时候则是席地而坐，凝视着波涛起伏的大海。

这个世界一直令人着迷，这一点完全不错，这个世界上所有地方都令人着迷。任何事物上都没有合适的标记来提醒你做某件事比做另一件事更明智，所以，他在观察人群或其他东西时，肯定就像是灵魂从自己的身体里跳了出来，跟自己看见的东西融为一体了。不管他看见的是费里斯摩天轮还是一只乌龟。我从没对此表示过反对，当然也没有试图去改变这一切，因为我觉得他有足够的聪明智慧去发现生活里的美好事物。我妻子也是同样的见解，不过不用说我们为自己这种做法吃了不少苦头，至少得花费不少时间向给我们帮忙的人表示歉意。不过奇怪的是，至今还没有人因此而生气。人们总是很快就喜欢上他，可能正因此他们也更乐意帮忙了。

必须要给接受人口普查的人们做个标记，这一点很清楚。

可是标记应该是什么形状呢？也就是说，做什么样的标记呢？那就是人口普查局的问题了。每一个参与人口普查的人都知道这个标记，不过这个标记是怎么来的却不是很清楚。

没错，那就是一个文身，不过文身怎么来的呢？一个人口普查员给我看了一个喷墨头，样子像是个订书机，把这东西放在肋骨上，一下子就可以把文身全部印在皮肤上。可能因为我是个老派人物吧，反正我觉得这东西有点吓人，如果可以，希望它永远都不要用到自己身上。

不过我作为外科医生的经历对文身这份工作还是很有帮助的。事实上，我对此并不十分介意，尽管除了人口普查标记外，我从没有做过任何文身。

在做标记时，我用的是机械文身针和黑墨水。我事先熟悉了一下这个流程，免得会受不了自己跑出来。每做一次标记都换一个新针头，这样就避免了血液污染的危险。不过我早就预见到这方面肯定会面临困难，因为我不确定自己总能弄到新针头。因此，我仔细研究了手册上一些老式的文身方法，以备不时之需。说实在的，我很希望能把文身的方法简化一下。我看过几部有关日本和波利尼西亚古老文身法的电影，觉得那些方法很不错。不过我打心眼里明白，那些方法肯定很痛苦，而且还会给我带来无穷无尽的麻烦。

可能大家会奇怪，我们怎么每天晚上都能找到床睡觉呢？其实并不是，有很多晚上我们都是在车里栖身的。尽管时值寒冬，睡在车上也还不错。因为这辆车是早已倒闭的斯塔福德公司的产品，里面有一个内置的加热器，即使车停下来也可以运转，不过它只能加热前排的座位。

这是一辆老式的出租汽车，我猜这样设计的目的是为了让出租车司机在寒夜里等待顾客时，无须发动引擎就可以保持车内温度，以此来节约汽油。所以我时不时给那个小火炉加满燃料，这样它在夜里就可以定时加热了。不过它每隔15分钟才加热一两分钟，也只是保证我们不被冻死罢了。

这种车最初叫作运输车，不过很快就被人们称为“斯塔福德车”。警察则把它当成一种警车。我是从一个二手车商店买来的，非常便宜。其实我们当时只是想拥有一辆车，并不打算经常使用，买这辆不太好的车可以迫使我们多走路或骑自行车。我妻子对这个提议表示赞成，所以之前我们并没怎么开过这辆车。

因此，只有在这次旅行里这辆斯塔福德车的生命力才得以充分绽放。说不定它停在我们家旁边的院子里时从来都没有这么舒心过，但现在它可以开心地亲吻道路了，迎着雨，冒着雪，在各种路面上纵横驰骋，或者小心翼翼绕过漫水的街道。现在它的生活可谓是丰富多彩了！

儿子小时候，我妻子给他写了一本书，这辆斯塔福德车也是其中的一个角色。那本书就像是个试金石，先给他奠定了思想基础，可以说，他能接受这次长途旅行也得益于他早年曾看过这本书。没错，我们是要前往遥远而陌生的地方，没错，我们确实可能永远都不再回来，不过，我们依然坐在这辆斯塔福德运输车里。从这个意义上说，一切都跟以前一样。你难道没有发现吗？

F

在F城的边缘，有一栋住着两个女人的房子。我们从城外来，所以这是我们拜访的第一家。本来我想过而不入的，可儿子坚持要去。他为什么一定要去呢？我想是因为这栋房子前脸有个圆形窗户。

院子里有个菜园，一片荒芜，车道上也堆满了杂物，于是我把车停在草地上，带着儿子绕着菜园走了过去。我注意到菜园里有坏了的南瓜，还有其他一些没有及时收获的蔬菜。这房子属于那种伪装的木头房，也就是说，它从外部看像是用木头建成的，但其实不是。我一直不太喜欢那种房子。

我们敲门时，里面先是一阵狗叫声，过了一会儿终于有人来了。看样子主人正准备出门，外套什么的都穿戴得整整齐齐。几条狗从我们身边挤过去，主人也挤了过去。

“你们是干什么的？哦，再敲一次门吧，我妹妹会来开门的，我很快就回来。”

她从菜园里穿过去，很快就走到马路上，身影越来越小，身上的腰带渐渐模糊，后来她本人的踪影也消失了。

我们又敲了一次门，这次开门的是位年轻女士。

“你们永远不要相信我姐姐的话。”我们看着她生起了火炉，然后在火炉边坐下来。这时她告诉我们说：

“我怀疑她今天晚上不会回来了，她不喜欢陌生人，也不喜欢男人，最不喜欢的就是陌生男人了。她还不喜欢旅行者，也不喜欢老年人，尤其是老年旅行者。她不喜欢司机，不喜欢音乐家，也不喜欢吉卜赛人。你们有狗吗？狗她还可以容忍，但她只喜欢自己的狗，而你们的狗只能是你们的，所以她可能不会喜欢。除非你们把狗送给她，不过送给她她也不会接受的，永远不会。”

她姐姐就是著名的喜剧作家 G. 萨尔特，姐妹二人就靠姐姐写书挣钱生活，所以毋庸置疑，妹妹对姐姐感激不尽。如她本人所言：“我来到这个世界上毫无目的，所以有一个能挣钱的人来到我身边我非常幸运。要不是我姐姐，我可能会沦落街头，成为一个妓女。”她大笑着把这话又说了一遍，“我可能会成为街上一个卖笑的，超短裙撩得高高的！”

她突然看看我，装出一副小心谨慎的样子：“不过你年龄太大了，干不了那种事了吧？”

她忘记了自己正在故作矜持，又大笑起来。

“我讨厌透了这个城市的人！要是你年轻，我现在就带你去我的房间，说不定会让你爽死，可你是不是年龄太大了呀？”

她大笑个不停。

“你居然没有拄拐杖，说实话这让我觉得很奇怪。要不要我给你找一个？我记得家里应该有一个的，我们又不需要它。哈哈，你跟我，就是再努力，我是说，就是万不得已必须睡在一起，除此之外没有别的办法，我敢肯定也一定成功不了。我们会在床上滚来滚去，可是什么事也不会发生，什么都不会发生，就像两个在朋友家过夜的小孩一样。多可悲呀！你知道吗？我相信人类肯定会灭绝的，我们这一代会是最后一代。我姐姐也同意这个看法。我九岁时就找了一位兽医把卵巢切除了，那时她十四岁，我们俩披着动物皮偷偷溜到了一个兽医的办公室。那天在兽医的办公室里，那件事改变了我看待所有事物的方式。这样你明白了吧，我们俩是都不可能有孩子的。”

她笑得更厉害了，又往火炉里加了几块木头。

我一直不知道该怎么回答，所以最后只能说我们现在能开始吗，她同意了。

接下来纯粹是人口普查事宜，还有刺标记。后者让她颇吃了一惊，因为，照她自己的话说：

“每次我受到一点伤，哪怕一丁点儿伤，都疼得要死。”

后来她问我我们是否要在她家过夜，我说我们一定要走，她说我们真的应该住下来，天太晚了。

正在我们争执不下之时，门开了。

“看来你们还没走。”那位姐姐说，“我在院子里一个小时了，一直在等着你们走，不过你们要是不走就不用走了，咱们把正事干完吧。”

她把外套扔在椅子上，一群狗跑进另一个房间，不见了踪影，也听不到声音了。

“你是人口普查员吗？”

“你怎么知道的？”

她哼了一声：“我每天都会扇自己一巴掌，然后等一会儿再看看镜子，如果掌印消失，我就知道今天会很顺利，但如果掌印还在，那就肯定会发生不好的事，比如今天不好的事就是家里来了个人口普查员，就是你，你来到这儿就是发生在我们家里的糟糕事。”

我说事情没那么糟糕，确实，这只是例行公事而已。

“这不是例行公事，”她说，“这是蓄意调查。”

我同意她说得也没错。

她四周望望，发现她妹妹没穿衬衣。

“哦，原来是这样！我才走了一个小时你就等不及了，见到第一个男人就上手，也不管他有多老有多蠢？我天天照管你真是烦透了，有人能把你永远带走就好了。也许我在下本书里应该做个广告，比如弄个赌注什么的，赢了就可以把我的妓女妹妹带走。”

她眯起眼睛，她妹妹并没有任何要穿上衬衣的表示，而是跟一本老书里的女孩一样甩了一下头发。

“住嘴吧你，你说话不公平，我只是多了一个文身，表明我已经被普查过了。而且你也要刺个文身，就是需要我们按住你我们也必须这么做，所以我们就只能这样衣衫不整地坐在这儿。你还怎么说？”

我们在她们家待了几天，根本没有进城。原来那些闻名远近的书都是姐妹两个合著的，而且两姐妹一样对什么都不在乎，一点都不在乎。我儿子在这儿相当开心，他带着一群狗出去遛了很长时间，我们在这儿还吃了好几顿大餐。我跟姐妹俩讲了这一路人口普查遇到的许多故事，还讲了我妻子。作为文化方面的从业者，她们都听说过我妻子，而且对她还赞赏有加。不过最终分别的时间还是到了。

我们重新坐到车上，我发动引擎、准备离开时，那位姐姐把脑袋伸进车窗里对我说："我们家有个光碟，是关于你妻子表演的，我只看过一次。你看过吗？"

我说我看过几次妻子的表演，不知道她说的是哪一次。

"那次演出舞台上有一个巨大的盘子、一张餐巾纸和一个勺子。在触目惊心的机械手臂操纵下，巨大的银器和刀叉都悬浮在空中。看你妻子的穿戴像是在吃晚餐，她一直在竭力避免碰到那些餐具。在她表演期间，一个男的通过扬声器在念独白。你看过那次表演吗？"

我摇了摇头。我当然看过，不过我还是喜欢由别人来告诉我。如果你的爱人去世，有人提到她以前的任何事你都会非常感激，如若不然，那只能说明你在假装自己在这个世界上没有享受过好日子。我的情况应该属于前者。

这位姐姐斜倚在车身上，一直说个不停。虽然她现在是站在自己家荒凉的菜园里跟我们说话，但她的思绪并不在这里，而是在遥远的过去，一个遥远的地方，说不定还想起了当时第一次看我妻子演出时的自己，并且隐约感到些许惆怅。

当时她是怎么看待那个世界的？现在已经今非昔比了。人们讲故事时大抵都是如此，因为每个印记给人的回忆不仅只是最初的印象，其实每次提到都会有不同的感触。

那位姐姐继续说："那个故事是她和另外一个女孩共同写的，她们每隔一个晚上交替演出。在她们录像的前一周，就在那一周的一场表演上，那另外一个女孩被叉子扎伤，死了，就死在录像的那个舞台上。本来这个话剧效果不好，观众寥寥，她们都打算停演了，可是出了这事之后，演出居然场场爆满。'这就是死了一个小丑的那个话剧'，大家都这样说。这件事就越传越远。你可能也知道这件事吧？"

我说这个话剧名字就叫作"死了一个小丑的演出"。

"我一直不记得，"她说，"那么有名的独白是什么内容，这真奇怪，因为我就是写独白的。我在看演出时，觉得从话筒里传来的那个男人的独白很有意思，甚至很可笑，不过后来什么也记不起来了，我甚至不知道那人是谁。"

"那是个酒鬼，"我说，"每次演出开始前都会从街上找来一个喝得酩酊大醉的酒鬼。不过那段独白，我也一点都不记得了，甚至不记得我听过那段独白。有关这次演出我只记得，只记得……"

"她开始躲避刀叉的时候，好像那些刀叉知道它们已经杀死了一个人一样，它们满腔兴奋，一心希望再杀死一个。这时候你会感觉她根本不知道自己在舞台上做什么，好像她只是偶尔游荡到了那里。"

"确实，我也最喜欢这一部分。"

到了下一个村子，也就是F城的郊区，我儿子希望能亲自进行人口普查的所有事宜。我说他可以这样做，但必须要跟我一样做好充分心理准备，因为有人会拒绝，有人会很粗鲁，也有人会爱答不理……我向他解释了所有可能会发生的糟糕事。

最后我们商量出了一个合理的办法，就是由我来担任他的助手。

我们来到第一家，开门的是个小男孩，不过他很快就跑开了，不久又带回来一个大人。这个大人完全是他的翻版。接着他俩带着我们来到厨房，在餐桌旁坐下。那个大人一再试图接触我的眼神，不过我一直盯着地下。我儿子的问题让那个人感到困惑，因为每一个问题他都重复很多遍——不过有时候我也不得不这样做。此外，他还要把对方的回答记录在一个对开笔记本上。他写字还不是很老练，不过他喜欢假装在笔记本上写字，好像他们的回答都以一种神秘莫测的波浪形式记录了下来。那人一直凝视着儿子的笔，想知道他在写什么，不过儿子笔记本放置的角度刚好让他什么也看不到。

最后还是我给那人刺上了标记。不过一开始那人对此非常反对，因为他还不是很清楚此事的重要性，没奈何，我只好向他出示了证件，他这才安静下来。

“你觉得怎么样？”走访完第五家，也是最难缠的一家后我问儿子。那一家人假装根本听不懂我儿子的话，我只得经常插话进行解释。看样子，这家人相当粗鲁，他们彼此之间也不是很友善，幸好，我儿子并没有觉得自己做错了事。

不过现在他明白了，做人口普查并非易事。

才在那个镇子里走访了五户人家他就觉得足够了。他问我我们做的事究竟有什么意义，我说这个疑问对我来说也是一个难题。我说：“你自己都不知道这件事的价值何在，现在却要说服别人去做，这确实是件难事。”

可是，我一边开车一边问自己：我这是对人口普查本身产生怀疑了吗？不，绝对不是。只是我自己的方式不对，我的方式会让人感到困惑，而这种困惑又源于我自己的生活和环境。夜深了，我在头脑中不断想象一个真正的人口普查员应该是什么样子，他应该怎么样到达一户人家，会受到什么样的待遇，应该问什么问题，又怎么用华丽的言辞来修饰这些问题。难道还要给它们披上一件银光闪闪的月华般的外衣？

总有一种外界力量想要了解你简陋的环境，想要了解你失败人生中的点点滴滴。那会是什么感觉呢？

到了下一个邮局，我把儿子的记录与其他所有记录一起邮了回去。可能人口普查局里会有人从这些信息中发现我发现不了的问题吧，对他们来说，我所看不到的东西里往往隐藏着真正的秘密。

我想我第一次见到鸬鹚不是在大自然里，而是在一本书上。当时我还是个孩子，正在读《失乐园》这本书。撒旦就曾经把自己伪装成鸬鹚的样子，我觉得他这样做也情有可原，因为我们挑选服装时并不仅仅因为它们的实用性，同时也是因为我们喜欢这些服装，喜欢我们穿上这些服装的样子。我想象着撒旦像圣尼古拉斯岛上的那个女人一样，二人穿着相差无几的衣服，这非常可笑。不过在我的想象中，撒旦还长着一张鸟嘴和一双蹼足，还有瘦小的骨架等等，还有别的。撒旦每次变形时，是真正拥有那种动物的习性，还是只表面变成了那种动物呢？许多年前，神学家就此进行了激烈争论，可是最终并未得出结论。可能的答案就是，即便披着一只鸬鹚的外衣，他和鸬鹚也没有任何相似之处，只是你看见他时，还以为自己看见了一只鸬鹚。这种想法让我们觉得圣尼古拉斯岛上的女人尽管不像撒旦的鸬鹚那样拥有尖嘴和一双翅膀，但从某种程度上说，她比撒旦更像是一只真正的鸬鹚。

事实上，当时我甚至还不知道鸬鹚究竟长什么样子，所以即便知道撒旦化身成为一只鸬鹚也还是一头雾水。我一直以为鸬鹚是乌鸦的一种，后来才从穆特的书里知道原来很多人都有我这种想法。当然这是完全错误的，鸬鹚并不是一种鸦科动物。

据说弥尔顿让撒旦变成鸬鹚的样子是因为这种奇妙的水鸟不善于飞翔，它们的翅膀太短了，不适合飞行，甚至可以说它们差不多不会飞行。事实上，鸬鹚确实会飞，只是飞起来非常费劲。当然了，原因就在于它们是游泳健将，而能在空中优雅飞翔的翅膀在水中可就没有用武之地了。我觉得弥尔顿想让撒旦在空中表现得笨拙一点很有道理，这是一种预防措施，给后文埋下伏笔。不过这与我们所熟悉的有关妖魔的寓言并不相符，因为那些妖魔总是一有风吹草动就会飞到空中，而撒旦本身不就是一个妖魔吗？

很多年前，有个女人来找我，给我讲述了一件令她迷惑不解的事。她是我妻子的一个朋友。

“我们能私下谈谈吗？”

“当然了。”

“我开始觉得不认识我丈夫了。”

“这是什么意思呢？”

“我是说，我们在一群人中间时，我简直不认识他了。要是让我在人群中迎接他，那简直是不可能的事，所以我总是站在那儿等着他过来找我，亮明他的身份。我只能做到这一点了。

要是有别人过来找我，就是说，我在人群中站着，有人向我走过来，说不定我也会跟着那人一起走的。我就是弄不清楚他是谁。”

那女人大约 45 岁，是个话剧演员。她的头发精致地挽在脑后，总是穿戴光鲜，我妻子拿这一点跟她开了不少玩笑。

她丈夫是位经济学家。问题是，他们越来越有钱，两个人却越来越像路人了，就像她说的，她甚至没法从众人中把他分辨出来。有可能男的也面临着同样的困境，不过他那么骄傲的人是不会去寻求别人帮助的。不管是这个原因，还是因为他一向擅长拈花惹草，总之他对这种状况很漠然。

不过我只是开个玩笑，这都是我胡编乱造的。其实，这个女人很久以前就是我的一个病人，她丈夫在那年早些时候去世了，她只是不愿接受这个惨痛的事实，于是宁可假装自己认不出自己的丈夫，假装他只是以某种方式从自己生活中消失了，她无论如何不愿承认他死亡的事实。

我告诉她最好的做法就是再找一个人，找到一个能引起她注意并能让她认得出的人，最终与他逐渐亲密起来。“你的婚姻之所以破裂，”我告诉她，“就是因为你认不出他了，你无法把他跟其他人分辨开来，所以你必须要找一个你能认得出的人。”

这条建议非常糟糕，部分原因可能是因为我不太喜欢这个女人。或者我可以这样说，如果我相信她会接受我的建议，那么给她提出这个建议本身可能就是不对的。好在这位女性一直并不看重我，也不觉得我的意见可取，因此，我这条建议完全没有用处。这不正是公正的精神、公正的精髓吗？有人说在医药界根本没有公正可言，估计原因就在于此。

总而言之，我本人一直都避免在治病救人时触及病人的灵魂。不过我在医学院有个朋友，他却经常这样做。他事业非常成功，他的演说简直无所不能，可以治愈一切疾病，所以我一直觉得他之所以那么成功就是因为他能够说服别人违背自己的意志。我妻子很不喜欢他，从不愿邀请他到我们家做客。

如果某位朋友没有得到我们全体的喜欢——全体是指我、我妻子和儿子——那就不能邀请他上门做客，这是我们家的规矩。不用说我们家客人很少，不过换句话说，真能上门做客的朋友跟我们是有多么情投意合呀！

在人口普查办公室，他们让我进行了一次演练。我本来还以为作为人口普查员是件再简单不过的事呢。我当时濒临死亡，时日无多，凡事必须赶快，还有什么事能比这更需要抓紧时间的呢？

“你先出去一下，”那位长官（当地人口普查局长官）告诉我，“出去一会儿再进来，然后对我进行普查，就当我是个陌生人。”

我走出去，很快又回来，完成了人口普查的第一项工作，接着是第二项和第三项，很快第四项也即将完美结束（并非每次都会如此的，所以我很骄傲），最后我终于结束了所有步骤，道了再见，然后出来，在外面等着。

有人又把我喊进去。

我进去了。

“你做事太循规蹈矩了。”他说着，拍了拍裤腿，好像是要掸掉手套上的灰。

“你太循规蹈矩了。”他又重复了一遍，“不过从另一方面看又好像不够正式，该倾听的时候还在滔滔不绝说个不停。你问问题时，给人的感觉是那些问题的答案都显而易见，事实上，你这些问题应该让被普查者想起当时的情景，仿佛置身于答案所在的地方。那些问题的答案有那么明显吗？我不认为如此，所以你的问题也千万不能给人那样的感觉。

“要知道问问题时，你想要的不是存在脑子里的现成答案。因为那些东西你不用问就知道，完全可以省掉彼此的麻烦。相反，你是希望对方能根据自己的生活经历去重新思考那些问题，除非他告诉你，你不可能知道那些答案。

“你的身体，你伸出的手，你的面部表情，还有你站立的姿势，这些都应该表明一点：我来这儿的目的是为了让你过上更有秩序的生活，这种更有秩序的生活就从我问你第一个问题时开始，而你这可怜人也可以在我的问题指引下对自己的生活进行反思。这点高高在上的尊荣就是人口普查带给你的，而这只是其中很小的一部分。

“你不能单纯询问‘你父母出生在哪儿？’你应该问‘你觉得国界对你有什么意义？’‘你父母是什么时候来到这个国家的？’‘他们的生活发生了什么样的变化？’‘他们为什么要来到这里？’这些人背井离乡来到这里，满怀忧惧却又充满希望，他们早已不知欢喜为何物，如今可能又产生了新的希望。这些会是什么人呢？在这块辽阔而神秘的土地上，他们如今变成了垂垂老矣的模样，只能不安地等待着代表死亡的睡眠悄悄到来。他们又是什么人？

“你跟我说的第一句话是‘你好’，我知道这是打招呼的礼貌用语，只是为了让气氛融洽，但它不能引导或者促使对方谈起自己的实际经历。你必须要打动眼前这个人的心灵，这样才能很快得到你想要的答案。

“你很多事情都做得不正确，很多。”他摇摇头。

“我说话时你直直盯着我，我都不知道自己说了什么。要是我开始说话时我们四目相对，那就移开目光，如果我开始说话时你刚好看着别的地方，那就依旧看着那儿好了。

“在我说话时，只有一种情况你可以看着我的眼睛，就是我委婉问到你是否认真倾听的时候。不然你这种举动，也就是直视我眼睛的这种举动只能干扰我的思路，你好像一直在对我说：‘我就在这儿，我就一直在你面前呢。’你觉得这种带有挑衅性质的互动会起到什么作用吗？可能这个人在回答问题时思绪飘得很远，你这种做法会具有某种提示作用，但不好说这是不是好事，因为人口普查员通常在这时候才能得到一些最珍贵的信息。

“你知道人口普查员究竟是干什么的吗？”

坦白告诉大家，我这次人口普查演练从某种程度上说完全是一种屈辱。那位长官甚至举了一个例子，他告诉我说有个目空一切的男孩，走到谁家门前都会把自己的嘴巴撇成不屑一顾的样子，不过即便这样一个人，他对人口普查的负面影响也不会超过我这次蹩脚的表演。“至少，”他说，“那男孩不会让大家感到烦恼，因为他们早就习惯了。”

“你到一户人家的时候必须首先了解自己的基本位置。你可能是第一个来到这一家的人，这家的男主人或女主人可能谁都不认识，他或她使用的语言可能早在一百年前就已经消失了。这时候你要根据情况把自己当成考古学家或者科学家、艺术家甚至牧师。但是在扮演这些角色时千万不要忘记：你同时还是一个什么都不懂的流浪汉，你一定要知道自己在这里无足轻重。

“为什么你要这样问呢？为什么？如果面对的问题自己无法回答，那就不要试图去回答，只要耐心积累经验就行了，你迟早会找到答案的，或者到时候你可以提出一个更独特的问题。

“人口普查员来到一户人家不能像是小孩来到了玩具店，这儿摸摸，那儿看看，什么都要问，我们来这儿不是为了挖掘别人家的秘密。事实正好相反，没有自由的反而是我们，我们像是被拴到了飞速奔跑的轮子上，沿着固定的道路奔向千里之外的目的地，甚至没有一丝喘气或者微笑的机会。

“你可以这样想，我们就是狗脖子上的一道疤，狗肯定会无意识地狠抓狠挠，想把我们扯下来，可我们要想做点好事就必须要抓牢了，不让自己掉下来。”

关于这一点我要求他再解释一下，我不太理解。“就这个比喻说法而言，意思是人口普查就是那个伤疤，而狗就是指国家了？”

他把我嘲笑了一通。

“我们的目的是什么呢？难道我们如此努力费尽周折想要帮助的就是那条狗吗？可能从某种程度上说是如此，不过从普遍意义上讲，或者更确切地说，我们要帮助的是狗守卫的院子，我们所做的一切都是为了它。狗是守卫院子的，我们则是为了保护狗脖子上的伤口而存在的。”

他指了指墙上挂着的一幅画，画上是一条狗，它以一种很不舒服的姿势卧在一个篱笆桩的旁边。近看可以发现那条狗脖子上有个伤口，伤口上已经结了疤。

那位人口普查长官捂着嘴巴，好像在透露一个秘密：

“一种老式的说法认为每个人口普查员都是一道伤疤，每个人都是一条狗，房子则是指国家。当然这是一种借代的说法，一道伤疤其实是指所有伤疤，一个人就是指所有人，所以它们分别指的是人类和伤疤。长久以来，大家都认为这是一种正确的解释方式。

“不过现在我们换成了另外一种解释方式。人口普查本身现在变成了伤疤，而伤口则是人民群众中不为人知的秘密，所以现在的问题不仅仅是狗怎么受的伤，我们还要知道这个伤口如何改变了狗守护院子的行为。狗是不是开始逃避责任了？它是不是怨气冲天？它躲藏在篱笆桩旁边是因为它无法尽职尽责吗？而人口普查员则可以通过对它的能力进行了解，有效改善这种状况。我们可以了解这条狗的长处，它可以胜任的工作，还可以了解它的短处，知道它不能完成什么样的任务。把房子比喻成国家的做法也是一种众所周知的误解。人口普查可以跨越国界，惠及全人类，毕竟，人类就像花朵一样，可以随处盛开，以自己微不足道的力量装扮世界，他们是不会受到国界阻拦的。自从人类拥有智慧以来，这种现象就已经存在了。”

他拍拍我的肩膀，说：“去吧，你这条不走运的伤疤，尽你所能为大家做点有益的事情。”

G

为了身体健康，我一直都坚持锻炼身体，不过在这次旅程中，我不得不放弃这个习惯。这并不是因为我知道自己命不久矣，因为我觉得，不管面临什么情况，人们都应该坚持自己喜爱的日常生活方式。其实真正的原因是我觉得驾驶这辆斯塔福德本身就是一种锻炼。车上的减震系统差不多已经完全失效，它会时不时往前猛冲一阵子。在崎岖不平的山路上驾驶这辆车完全像是本人被拖着走过那条路一样，而且是在车高速行驶的情况下被拖在车后头！有时候我想，很久以前，那些补锅匠带着叮当乱响的物件从一个乡村辗转到另一个乡村的经历大概就是如此。不过我们的物件（人口普查的工具及文件）倒是没有声音，它们还处于生命的早期阶段，因此不会叮当乱响。

我儿子倒是跃跃欲试地想要开车，但我没有同意。不过有一天我们来到了一片广阔而空旷的地带，大概这地方是要建个市集，或者曾经是个市集，所以我让他开了一会儿。他只是控制着方向盘而已，不过对他来说，即便这样也已经够刺激的了。在一旁专注观察的我，再一次体会到了开车那种神奇的感觉——操纵着这么一个大家伙横冲直撞，什么东西都别想阻拦我!

路上不时会有些金属支柱需要避开，他的样子好像就要撞上去了，不过还好最后都避开了。我们开得很慢，每小时也就15公里，不过感觉挺快的，而且我们还一边开一边高声唱歌。他方向盘打得很猛，有时候车都要翻了，要是真那样可就糟糕了。远处的篱笆上停着两只肥大的鸟，虽然看不清楚它们的脸，不过还是可以感觉到它们有些困惑。有时候你完全可以读懂一只动物的表情，就跟读懂人的表情一样。这一点你们有没有发现?

等我们再次绕过来时，我四处寻找，可它们已经不见了。

我儿子曾跟我谈过有关开车的事。他在这次开车后对我说："我现在是位司机了。"我说："没错，不过我不在车上你可不要开。"他说："我不在车上你也不要开。"

谈到锻炼是件愉快的事，不过这好像是那些从树丛中探出头来贪婪呼吸新鲜空气的人干的，我现在还假装自己处于这种状态那也太自欺欺人了。

对我而言事情更糟。这种感觉已经很久了，跟我在家时一模一样，烦恼重重，心理紧张，而且这种情况越来越严重。当然，我并不是为我自己担心——至于我自己，我觉得死了更好——我担心的是儿子，他对自己未来的生活完全没有把握，他需要一个人来指引他，帮助他。

在G城的一天，我清醒过来，发现自己躺在别人家客厅的地板上，儿子抱着我的脚在哭泣。一个医生低头看着我，另外还有五六个人，他们的脸都离我很近。人们总是会凑得离病人非常近，平时倒是根本不会那么做，就好像病人不需要那么大空间一样，不然他们一定会躲开的。

我都记得什么呢？我只知道我进了他们家，我知道我谈起了人口普查，可是接下来我就什么都不知道了。

过了一会儿，医生帮我站了起来。

我们谈起话来，后来他发现他还可以帮我们更多忙，于是把我们带到了他自己家，并留我们住了好几天，他自己则每天都观察我的病情。很难说清他为什么这么好心，人们经常说有人就是如此，或者说这是他们应该做的，不过我觉得这更应该是种运气，肯定是我让他想起了某个人。

无论如何，到了第四天，我病情好转许多，只是仍然非常虚弱，我觉得我应该再待一两天，他同意了。

我给大家描述一下这个人。

他大概30岁左右，热衷于跟我讨论所有有关医学的话题。他会给我说一些专业方面的难题，还有这样那样的问题，而我，我给他讲述这几十年的从医经验。晚上我们会一起下棋，他每走一步都考虑很长时间，也不管这一步是容易还是困难。

“我是通过排除法选择这个地方的，”他说，“我不想去熟悉的地方营业，凡是去过的地方我都不愿去，所以后来就来到了这个陌生的地方。我觉得这里会与其他地方不同，不过事实上哪里都差不多。无论什么地方都大体一样，你觉得呢？”

他说他已经在这儿营业六年了，而且可能会永远在这儿待下去。G 城的居民很好相处，大都心地善良，他们都很喜欢他，对他相当尊重。由于他是外来人，他们对他还是有些疏远，态度有所保留，不过他能理解。他目前正在编撰一本医学字典，经常与全国各地的其他医生通信交流。“不过，”他说，“要是能跟另一个与我情况相似的医生面对面交谈一定非常愉快。”随后便解释说希望我不要在意他这么说。

我说我一点都不在意，不过，他应该知道我已经不再是一位外科医生了。

“职业就是职业，”他说，“即使你想放弃也不可能。”

我说有一种方法可以让你永远放弃它。

他对我的心脏非常关心，给我开了好几种药。“其实有些方法你可以试试，只是那些方法有些激进。”不过他可以看出我并不想采用那些方法。如果真是这样，如果我真的不想用那些疗法，那我肯定知道，很可能我已经知道了，也就是说他了解的事我也早已知道，那就是：即便我的生命没有走到尽头，想必也离它不远了。

“你打算怎么安排你儿子呢？你百年之后他怎么办？”

“他可以去投靠一个人，我们都认识的一个人。我会送他乘火车回去。”

“那肯定不容易。你觉得他能一个人旅行吗？”

“能，总有很多善良的人帮助他。我以前从来没有想过要他依赖别人的帮助，不过确实有很多人帮助他。”

“你有没有想过，”那位年轻的医生问我，“他心目中的自己是谁？你儿子心目中的自己是什么样子的？我有一种自我存在感，我相信你也有，而且我们都希望能以某种方式取得别人的认可。我刚认识你就一直试图向你表明，你眼前的这个人正是我心目中自己的样子，你肯定也是同样，但是他就没有。所以我很奇怪，在他心目中他自己是什么样的呢？”

我说我妻子也曾谈到过这一点，其实她经常谈到。我们有一个照片盒，里面全是以前生活的留念，一天，我妻子把它拿了出来。他们俩带着照片去他的屋子，我儿子挑了几张贴在靠门的那堵墙上。他花了好几个小时去挑选那些照片，一会儿把这个拿下来，一会儿又把那张贴上去。那个夏天他一直都在做这件事，不过秋天到来时他总算完工了。那面墙终于达到了他想要的状态，并且此后再也没有变过。

他挑选那些照片挂在墙上，并喜欢经常盯着看，不过这并不意味着他认为照片里的人就是他自己。我们人类总是这么看待自己的照片，其实我觉得这是一种错误。照片中的人真的是你自己吗？还是与你有关的某个人？是不是这个人以前你非常熟悉，可如今已经陌生？是不是这个人曾经和你有相似的忧虑烦恼，但如今他已经不见踪影，永远在世间消失了？

因此，我们并没有坚持告诉他那些照片里的人就是他，不过我们还是会经常这么暗示。对某些人来说，这一点可能过于微妙，但是如果你对这些微妙的感觉并不在意，那你会在不经意间失去很多生活中的美好事物。

那些照片都是用黑色的小钉子钉在墙上的。我妻子有一个球形锤头的锤子，她很喜欢在该使用真正锤子的时候用这个小锤子来敲敲打打。我甚至不知道这样一个球形锤头的锤子到底是干什么用的，也不明白她为什么要买这样一个东西，不过我想可能正是这种锤子本身的奇妙之处吸引了她吧。

整理照片的第一天，我听到那些钉子一个接一个被钉到了墙上，之后整个夏天，我妻子都会被儿子叫过去重新整理那些照片，取下这个，换上另外一个。对于那些照片，我们渐渐都了如指掌了。

挂在最高处的一组照片和他的头顶一样高，那是一组雪景。我不记得是哪一年拍的了，不过我想有一两张照片的后面肯定写了年份。我们把他严严实实包裹在厚厚的冬装里，带着他滑雪橇。我们的雪橇是那种老式的雪橇，不是很好用，最后只好在院子里用雪橇拉着他转圈圈。这是他第一次玩雪，他觉得真是太好玩了。他从雪橇里爬出来，在雪地上滚来滚去，脸上鼻子上都沾满了雪。他兴奋得不时大叫，甚至抓起雪就啃。他还咿咿呀呀地试图跟我们说话，但是他只能发出几个音节，我猜他说的应该是“雪”。他穿着一件派克大衣，衣服上有个大大的兜帽，妻子和我抱着他拍了很多照片以纪念这个难忘的时刻。在第一张照片里，她抱着他，她自己则完全躲在他身后。这是她照相时常用的伎俩，总是装着在忙什么，其实她只是想把自己藏起来。

在我抱着他的那张照片里，他的表情很是茫然。他不知道自己是在照相，还以为妈妈站在那儿只是为了看看他，不过他好像不知道她为什么要那样看他。

她叫了一声，引起了他的注意。在下一张照片里，他笑得非常灿烂，我也笑了，不知道她当时说了什么。

在墙上的一张照片里，他们俩离得很远，她和他好像都在雪橇上寻找什么东西。从照片的光线看，当时肯定已经是午后了，这不由让我觉得奇怪，那么我们在整个下雪的上午都干什么了呢？那些事我早已忘得无影无踪。上天赐予了我这么美好的东西，漂亮的妻子，可爱的孩子，一家人在野外开心玩耍的一个下午，而我竟然就让它这么悄无声息地从脑海中溜走了，连一点回忆都没有留下。我妻子当时都说了什么呢？我都看到了什么可供日后回想的呢？一切都想不起来了，只记得在那张照片里，雪橇在午后的阳光下影子就像是一个箭头，而那张照片如今也已经不在了。

下一张是我儿子坐在水槽里的照片，他那时个头矮小，水槽还装得下，所以不用说，我们就经常在水槽里给他洗澡。我知道大部分人都是在澡盆里给小孩子洗澡，我们也觉得，把一个人类小孩放在水槽里洗澡这件事确实荒唐可笑，不过就是因此才更加有趣，我们才不愿失去这种快乐呢。我想起拍这张照片的情景是因为儿子问我照片里的孩子是在哪儿。“他这是在哪儿？”我问他，他这么问是什么意思？“照片里的孩子是在我们家里，就在我们生活的房子里，你现在住的房子里呀。”我这么告诉他。那个小男孩现在还在那儿，只是房子变小了不少，不过也变得更加熟悉了。

我妻子有时会用这些照片来表明自己的观点，因为她知道他对每张照片都很熟悉。她总是说："这次我们用学走路的方式来解决这个问题，你还记得我们怎么学走路的吗？"说着，她会让他看那张照片，她站在他后面，拉住他的胳膊，而他则怯生生地往前迈步。看完照片，他们会再回到手头的练习上去，不管他们练习的是单词、字母，还是唱歌，过程总是如此。

有两张照片是第一批挂在墙上的，不过后来消失了几个月，最后又挂上了。这是最后挂上的两张，不过事情终究还是得到了纠正。这两张照片上是同一件雨衣，雨衣里面都是他。照片里的景物是雨衣、栏杆和一个穿着厚厚外套的小男孩，我则位于后面的阴影里。第二张照片里，雨衣的兜帽戴在了头上，样子有点像是小丑的服装了，我想这大概就是他喜欢这张照片的原因。我妻子和他第一次见到这张照片时，她说："看，这张照片里你简直像个小丑，跟我一样，你这样跟我还真像。"后来发生了一些事导致这张照片失宠，从墙上撤了下来，不过最终还是又挂了回去，因为这也是母子联系的一个纽带。事实上，我觉得这张照片之所以给人一种小丑的印象并不是因为它很滑稽，很有喜感，而是因为这种服装的严肃与庄重。小丑服装只是对普通服装的一些元素加以扭曲夸大或者由于尺寸不合适而形成的，它们的奇特之处就在于表达其特殊魅力的实物特征并不存在，然而它们依然会被赋予一种强烈的表现力，而这就给了小丑服装一种自由，也就是说，任何人都不可能滥用一件小丑服装，只要你穿上它，不管做什么都没错。

我妻子还在门背后挂上了一张家里晾衣竿的照片，她告诉他，他挑选的照片就像搭在晾衣竿上的衣服一样，他随意怎么放都行，他可以把照片收回来，放回去，或者任意挪动，如果愿意，他甚至可以把照片别在衬衣上穿出去。

年轻医生问道："他什么时候了解照相机的？他什么时候知道照相机是干什么用的呢？他有没有自己操作过照相机？"

我说他不喜欢玩照相机，谁也不知道为什么。不过他倒是很喜欢拿着照相机，经常走到哪儿就带到哪儿，一到用的时候就交给我或者我妻子，好让我们照相。不过那时候我总觉得我们照相太少了，可能这种感觉是出于一种责任感吧，至于是对谁的责任我并不是很清楚。

拍照时我妻子喜欢拍树，其实不仅仅是树，她喜欢照像森林一样郁郁葱葱的树木，不是单棵的树，而是许多树枝交织在一起的样子。我儿子房间的墙上有一张照片：他的手紧紧抓住我的胳膊，跟我站在一起，我们身后就是这种纵横交错的茂密枝条。我有种感觉，照相的人在照相时一定是目光穿过我们头顶，凝视着后面的树林，所以从某种程度上说，我们能在这张照片里出现只是机缘巧合而已。虽然如此，这依然是我所有照片中最喜欢的一张，可能是因为我帽子的样子吧，因为帽檐差不多垂到了我眼睛上。有好多年，这顶帽子一直是我最喜欢的，可是我爬山的时候把它弄丢了。后来我每次抱怨我的新帽子时，妻子和儿子都会嘲笑我。儿子总是会跟我开玩笑，他会强忍住笑意对我说，他知道我的帽子在哪儿，就在楼上。我也会配合着他往下表演，我会说：“既然你知道在楼上，还不快去给我拿下来？”他就说：“好吧，那我们就上去，到楼上去拿吧。”我就说：“好吧，既然咱们到楼上来了，我的帽子在哪儿？”这时候他就要把我领到他的房间，我会说：“我的旧帽子在你房间吗，就是爬山时戴的那顶？”他就点点头，带我到他屋里，而我就大大表演一番，要求他归还我的帽子。他就忍俊不禁地指着墙上的照片说，要是我真想要，完全可以拿走。

其中三张照片里还有另外一个小男孩。他住在我们对面，他父母对我们不是很友好。我觉得那位父亲不喜欢我们，这中间有点误解，不过那孩子小时候，还是经常过来跟我儿子一起玩。这样持续了一年多，后来突然就不来了。他们依然住在路对面，可是跟我们再也没什么来往了。

我儿子很喜欢那个小男孩，所以他挑选的照片里有三张都是他。不过我得实话实说，那真不是个好孩子。他从不听大人的话，总是摔坏东西，无论什么东西拿到他手里差不多就算是报废了。不过我们不在乎这些，至少不是非常在乎，对他也相当不错，直到后来他彻底回归自己的世界，再没来过我们家。

他们家也养了一条大狗，名字叫罗波。那孩子小时候会搂住罗波的脖子，让它拖着自己在院子里转圈玩。

我感觉那孩子来玩得最多的时候应该是夏天，因为我从这几张照片里得到的感觉就是难耐的炎热。我给他们摆了一个柠檬水摊，可是没有人来光顾，因为那条路确实比较偏僻，所以我只得自己装成一位顾客。我知道这糊弄不了两个孩子，我也知道他们心里明白这是做不得数的，不过他们还是把柠檬水卖给了我，并收取了公平合理的价钱。

有时候儿子会问我，问我为什么照片看起来那么暗。我觉得这一方面是因为大部分照片都是在室内拍摄的，另一方面也是因为我们相机的镜头质量实在差，所以光线不够好，照不出更好的照片。不过他最喜欢的那两张照片也相当昏暗，而且他确实说过那两张是他自己的照片。在那两张照片里，他穿着一件条纹衬衫，靠窗户站着，脸上调皮的样子在第一张中还显而不露，不过到了第二张里就很明显了，满脸调皮。这时他已经从窗户旁走开，正向我们走来。

照片墙上最下面一张，也就是最后一张，上面照的是我们房子外面的车库。他站在裂痕斑斑的水泥地面上，穿着一件运动外套。我想这应该是他上学的第一天，某个学校开学的第一天，他穿得非常隆重。准备齐全后，他打算拍个照纪念一下。我之所以这么认为是因为从照片上他肩膀的姿势可以看出，他在竭力忍耐自己不喜欢的事情，或者下定了决心去迎接无法回避的命运。不过这并不能说明他是个逆来顺受的孩子，他小时候绝对不是一个凡事听天由命的人，你甚至可以说他是头犟驴。

“不过现在他看上去没那么倔强了。”那位医生说，“他很有礼貌。”

我们同时望了望儿子，他蜷缩在沙发里，已经睡着了。

“看，他把脚放在沙发上之前，甚至还把鞋脱掉了。”

“他确实很体贴人，”我说，“不过你不觉得越是考虑周到的人就越是倔强吗？因为他们都有很强烈的正义感。”

那位医生收集了大量古书，他给我们展示了许多精美的医学地图和古玩书籍。向我们展示这些东西的时候他样子非常兴奋，声音也更加热情洋溢。

“给人体器官命名的时候好像从来都没有一定体系。”他说这是他最大的不满。“这使得人体变得乱糟糟的，一团乱麻。但是事情本来可以不必如此的。”他提出了一项崭新的命名计划，不仅将人体各个部位都重新命名了一遍，甚至给所有疾病都改了名字，这样人体结构与其相应的疾病理解起来就更容易了。

我说这样做只有一个困难，我们只能以现在这个阶段对身体结构的了解去给它们命名，不过，十几二十年后，医疗知识肯定会继续向前发展，到了那时这样的事情就必须重新来过，再次对它们进行命名，以适应新的复杂形势，那样才能得到人们的共鸣。

“当然，当然了。”他对此表示同意。不过他觉得这种情况最多每 50 年发生一次。

在我恢复期间的最后几天，我跟着他四处行医，发现他确实是位医术高明的医生。虽然我没有穿医生的服装，他还是向人介绍说我是他一个年长的同事，无论什么病都要征求我的意见。不过我的意见只有一次是他真正需要的。我发现了一个特殊肿瘤，那是我以前经常治疗的，但他一直没有注意到。在我和儿子离开他家之前的那个晚上，我们就手术步骤认真交流了一番。

“你能不能留下来动这个手术呢，或者就是协助一下也行？”

“你绝对有能力动这个手术，根本没问题。”

他很害怕看见自己的血，这对于一位医生来说有点奇怪，所以他无论如何都不愿意刺上那个人口普查的标记。不过上次人口普查的标记他还是有的。“那是怎么来的呢？”我问他。

“我当时抓住一个朋友的手晕死过去了。”他大笑着说道，“整个房间渐渐在我眼前消失，取而代之的是这个标记。”

他指了指他的书、雕像、覆盖着皮革的书桌和铺着地毯的书房。

“我现在觉得自己好老。”他笑着说，“你有没有发现，人们总是感觉自己与跟他说话的人年纪一样大？我就有这种感觉，跟你说话时，我就觉得我跟你一起度过了那些做外科手术的岁月——那可是一段漫长的岁月。我想你在跟我说话时也会感觉自己是个年轻人，刚刚开始自己的行医生涯。在这方面你跟我感觉应该大致相似，不过时间会很快溜走的，不久我就会跟你一样站在天堂的门口了。”

“身体的精力已经耗尽，但是精神依然在持续，就像一只只能蹦跶的鸟。”我平静地说。

“一只只能蹦跶的鸟，在旷野中，却没有翅膀。”

我们同时放声大笑，我儿子也笑了。

离开的时间到了，不能再耽搁了。医生把我们送上车，向我们挥手告别。我们越走越远，他逐渐消失不见，我们就这样告别了他和G城。

旅途中大部分时间里，我和儿子一直在谈论我们曾谈论过很多遍的话题，我们都了解并且喜欢谈论的事。我们不必经常谈论新发生的事，或者说，只有值得一谈的时候我们才会聊起。

其中一个一再被谈到的话题就是塑形学校，那是我妻子十几岁时生活过的学校。那个地方真是一言难尽！塑形学校是个实验学校，其宗旨是为普通学生提供普通的教育，但其方式却相当离奇。事实上，这所学校就是培养小丑的。

“万事万物都有自己的形状。”塑形学校的老师如是说，这位老师本人就是个闻名远近的小丑，“如果你能仔细研究并模仿一种东西的样子，你就一定能向别人展示出来，所以自己要先成为一个形状图书馆。”

我想，在塑形学校存在的十年中，那里应该有两位老师，约莫40名学生。那两位老师只能坚持那么长时间，她们的确跟小丑一样不能安静下来，很快她们就去追求别的事业了。

塑形学校的校园本来是个兵营，在出售之前已经闲置了十年时间。我猜那两位小丑老师相中这块地方时肯定在想：在这个军营里建一个小丑学校该多有趣呀！不过当然了，她们不会觉得这是一个小丑学校的，事实恰恰相反，正如我所说的：她们是本着严肃的教学理念，在进行基本的教学工作。

在学校存在的那段时间里，应该没有人希望可以到其他地方去上学。不过我想这也不会完全是真的，因为在学校数年来的 40 名学生中，最后毕业的只有 6 名。不过那种学校肯定不太容易，它们的目标是培养最优秀的学生，可是它们最优秀的学生也不会有人重视，有人尊重的。可以说，塑形学校的优秀学生在其他任何学校都只能算是一个堕落鬼、一个笑柄。

我儿子很喜欢听我讲划船课的故事。一天早上，老师对第一届的大约 15 名学生宣布说要去学划船，所以每位同学都要穿上游泳衣，而且不能携带贵重物品。因为孩子们总是爱把自己的宝贝东西藏在裤兜里、袜子里，还有袖子等等地方，所以这样事先声明一下不失为一种明智之举。

接着，一群人来到湖边，那儿早已停着两只划艇。两位老师乘上一只小艇，很快划远了。

她们通过扩音器大声喊叫着，声音在平静的水面上显得格外嘹亮。“快来呀，快呀。我们看看哪两位同学的划船事故最漂亮！”

于是一整天她们都划呀，划呀，学生两两结伴，各种事故的花样层出不穷，结果是不停地在水中扑腾或者接二连三地呛水咳嗽，最后被揪着脖子或衣服或胳膊从冷水里拉上来。

“划船事故也有其正确的方式。”年龄大点的老师说，“接下来我们给大家示范一下。”

于是两位老师再次出征，这一次她们的确遭遇了极大不幸，小艇翻了，一只桨断了，一位老师也足足失踪了二十分钟，不过后来她总算在湖水另一边的灌木丛里露出了脑袋。

“这才是发生划船事故的正确方式。因为，”她们解释说，“观众希望看到的不是这次事故本身。每次事故都有其共同的一面，你不能单单展示这次事件共性的一面，相反，你应当在某种程度上将其特性的一面放大。一次事故的基本特性必须显而易见，观众可以一下子就能发现，而且还要能唤起观众内心深处的记忆，让他想起自己十年前从船上摔进河里的一幕，尽管这么多年来时移境迁，但他还是会觉得身临其境，感同身受。在这种情况下，即使没有划船事故本身，观众也能体会到那种感觉，比如……”

这时，老师又表演了一次划船事故，只是这一次不在湖上，而是在干燥的地面上，只有双手双脚可以帮助她，但即便这样，学生中间也发生了一阵骚动，因为这次灾难和在水上的时候一样生动逼真，而且可以看出，这种灾难没有发生在那位小丑身上，而是发生在其他什么地方。

那么到底是发生在什么地方的呢？

我儿子总想知道那位老师失踪的二十分钟内都去哪儿了，就是她们的小艇翻倒、船桨断了的时候。他、我妻子和我对此事进行了多次分析：她一直都在水下潜着吗？她没有爬到船上一会儿吗？这些都是问题。不用说这个故事是我妻子第一个讲给我们听的，她说那个老师一直坐在船上，后来她深吸一口气游到了很远的地方。不过没过多久，她的说法又有所保留了。为了让这次事故更加真实，船翻的时候她会不会没有来得及深呼吸一下？那样才不会毁掉表演的效果（如果有人监视的话），不过大家都一致认为她肯定是偷偷深呼吸了一下，因为那不是魔术师的魔术。但你在发生翻船事故的时候根本无从知道观众在哪个方向观看，他们可能在正前方盯着你的脸，如果是那样的话，你最好不要在翻船之前深呼吸。

另一种说法认为船上只有一位老师，这也有一定道理。一位老师把船划了出去，遭遇了翻船事故，后来故意问另一位老师在哪儿，还说她刚刚也在船上。大家也都相信第二位老师在船上。悲哀的是，在这次事件中，我们就是这样轻信，容易犯错误。

对于第二种说法，我儿子认为，她肯定很希望也待在船上，她们肯定希望待在一起。

尽管大家都对第二种说法表示反对，但它基本上是正确的。照相机的镜头位置摆得刚刚好，事实证明，两位老师和大家一样都是凡人。尽管这是她们的教学计划，可是考虑到那条船要翻倒在水里，她们还是采用了这种方法。我们大家都有过这样的经历，我们躲在暗处观看一群人热热闹闹地做某件事，不由得也心急火燎地想要参与进去，可是你又必须遵守合约，没办法只好继续藏着，这种感觉简直要把你撕成两半。不管他们在玩什么有趣的事情，或者分享什么美味的食物，你都殷切希望能成为其中的一分子，可是另一方面你又竭力克制着让自己继续躲藏在暗处。

“大家可以把这个当成一种处事原则，”我妻子对我说，“我们在欺骗别人时应当保证自己能得到最大的快乐，成为阿特拉斯并没有什么用处。”

H

我们继续向北前进，我的一种感觉越来越强烈。我一直感觉如果你在动手术，我指的不是医学手术，那不是我的意思——当然了，尽管医学手术也是一种手术，我下面要说的情况它也完全适用，不过我的意思是更广泛意义上的任何一种手术。也就是说，如果你在研究一种东西，经过一遍又一遍的分析后实验仍然没有成功，那么你就应该改变自己的做事方式，小范围内进行一些试验，以保证自己是在采用最佳方式进行操作。人们总是会被传统束缚了看法从而造成很多误解，或者相反，因为误解而更加囿于传统观念。这样我们在理解问题时所犯的错误会变得更加复杂，而且这些错误在很多情况下只有通过逻辑才可以校正。既然如此，那就考虑一下自己千辛万苦追求成功能带来什么，除了它的好处之外，其他什么都不用考虑，反正我就是这么看待人口普查这份工作的。

我突然有种感觉，我们做人口普查的方式都很特别，不过没有必要继续那样做下去。我敢肯定，通过我此刻对人口普查的理解，如果用另一种方式来开展工作，这种新方式仍然会在很大程度上坚持人口普查的精神，但是我这种易犯错误的天性却绝不会再对它造成破坏性后果。

进行人口普查的新方法

这种新方法其实是对传统方法中一些程序化内容的否定。之前觉得有必要询问某些具体问题，并认为搜集某些信息比其他信息更重要，但现在很明显，我们已经明白要搜集什么样的信息了。有幸在上司的指导下工作当然是种殊荣，不过从直觉来看，这样做无异于一个听话的孩子在奉命行事，即使做了什么事，也都是别人要求的。不过经历了诸多世事后我逐渐明白，一味追求某种东西的人虽然可能最终找到了他想要的东西，但他肯定错过了身边更多美妙而奇异的事物，哪怕这些事物就在他的眼前。

就这么定了，我决定放弃人口普查最具象征性的那部分工作。其他人口普查员可能比我更循规蹈矩，他们想了解的是这些地区的精确人口数，但我已经习惯了不守成规——即使当外科医生时也是如此——所以我决定这次还要这样。我决定走进每个城镇的每户人家，尽我所能去发现值得了解的事情。

不过我很快就意识到一点，从某种程度上说，我这种义无反顾、大义凛然的样子，认为好像从未有人尝试过这种新方法的念头似乎有些可笑。不，不是似乎，而是真的很可笑。事实上，过去的旅行家们，比如希罗多德、塔西佗、马可·波罗等早已如此行事过，所以，我们大可以循着古人足迹轻车熟路前行。

不过还应该补充一点，我们要探索的事物与那些富有传奇色彩的探险家不同，我们要发现的是那些琐碎的、容易遭到忽视的东西，因为现今这个世界与他们生活时的世界已经完全不同了。

赫伯特对我们生活的世界是怎么说的呢？他说：“在当今世界，任何一块地图上都不再有圣人存在了。大家现在都把自己封闭起来，囚禁在心灵深处的一个角落里了。”

这不也是他说过的吗？我们的人口普查就要考察这一点……

我们的下一站是一个以制绳厂远近闻名的城市。这个地方出产的绳子最粗最长，可以把船只拴在码头或者锚上，还可以把重得不可思议的东西吊到空中。当然这里还生产别的绳子，细长而光滑的绳子、结实而粗糙的绳子、湿绳子、五香绳子、直绳子、弯绳子等。

那个制绳厂的领班在我面前说了一句话，很是风趣。他说：“今天没发生任何事故。”

“啊？没发生事故？今天没发生事故？”

“没有。”

“这里是不是经常发生事故？”

说着，我们来到在墙上挂着的一张图前面，图上详细标记着最近十年来这家工厂里发生的所有事故。大致上一天平均六次。

“事故很严重吗？”

“我们有一位医生天天值班，所以通常出事故的人都不会死。不过因绳子断裂而被砸中的工人，这样的意外确实会改变他们的一生。”

“医生有没有空跟我们聊聊呢？”

“医生只有一会儿闲工夫可以跟我们聊聊。”

医生的脸长得很像电影里的男主角，他说话的口气也很像一名演员。

和大多数医生一样，这位医生穿着雪白的外套，不过他的外套好像格外白，甚至比我描述的还要白。

医生跟我们的谈话简直可以称为一次演讲，他为了这次演讲肯定等候了很长时间。不过也可能他只是临场发挥，反正我们无从判断。他本来就打算给我们介绍一下这个制绳厂的，后来他也确实这么做了，而且态度和语言与他本人的人物和地位也很相符。

他开始讲述了：“在过去，仅仅弓弦的力量就足以杀死几百米外的一个人，可以想象，一条比弓弦还要粗上千倍的绳子杀伤力会有多强？在制绳厂的地上工人们流出的血足有及膝深。我痛恨这个地方，我痛恨那些绳子，我在这儿工作只是因为我父亲以前在这儿工作，我母亲、我祖父祖母都在这儿工作过。他们全都在这里丢掉了性命。所以我去参了军，当了军医，复员后又上了医学院，当了医生。不过后来我推掉了许多高薪工作来到了这儿，免费帮助这些可怜的傻瓜们。”

我们从医疗室宽大的窗户望出去，盯着工厂的地板看了半天。那里横七竖八地堆着数千条绳子，这些绳子加起来可以绕地球好几圈。机器来回旋转着，发出的声音与钟表相似，只是伴随着巨大的呼呼声，就像是一个多普勒时钟从你身边转过去又转过来，转过去又转过来。不过那种滴答声和呼呼声似乎无休无止，永不停息，那种声音简直叫人发疯，听到最后会觉得像是有人在咬牙切齿。

在那些粗大的绳子下方，不停有小小的黑点跑来跑去。他们有的在运输各种器具，有的拉着各种车，还有成群的人站着等待指示。他们的工装五颜六色，各不相同。

我问医生这是为什么。

“因为这样可以知道是否有人站错了地方，这一点很重要。这个厂子里的每个人都要待在固定的地方，不能随意离开自己的廊道。”

确实，工厂的地板都用不同颜色分成了不同的区域。

“是不是因为那些受伤的工人，那些受害者，都站到他们不该站的地方了呢？”

在我身后，一个伤者对此表示反对。

医生“嘘”了一声，伤者住了口。在这个医务室里，医生对所有人都有一种神奇的权威。他回过头的时候，我发现他的表情非常严肃。

“相反，正如你说的，他们都是受害者。工人们对自己的工作尽心尽力，很少有人会站错位置，其实有问题的是那些机器，它们不够精密。也就是说，那些机器操作起来不是很安全。事实上，世界各地的制绳厂都存在安全隐患。如果你去工厂后面看看，就会发现那里有一大片空地，竖着很多墓碑，每块墓碑上都有很多玻璃系成的绳结，那里就是死去工人的墓地，工人们就在那儿休息或者吃加餐。这是一种古老的习俗，目的是提醒他们死亡离他们有多近，死亡又是多么确定一定会到来。

还很小的时候，我就知道我将来一定会在这个制绳厂工作，我对这一点非常确定。事实上，这是件值得骄傲的事，除此之外我没有别的理想。不过我父亲对我有别的期待，一天他把我带到屋后，用雪茄刀在我手上弄了这个。”

医生让我看了看他的手。他的两根大拇指都被切断了，只剩下两个苍白的圆圆的突起物。

他用食指摸了摸那个突起物：“你看到了，这样我就没法制绳子了，永远做不了。当时还有其他几个家庭也都是这么做的。就是做父亲的这种行为促使工厂对工作环境做了一些改善，因为当时的环境实在是太糟糕了。”

这时有几个病人凑了过来，围在一起听我们聊天。

“可是你这样怎么能做医生的工作呢？”我问，“那不是很困难吗？”

医生低头看看手指，好像在思考我的问题，不过等他重新看向我时，样子仿佛已经把我忘记了。

“医生的工作？就这些工作？”他说得很简洁，好像是一个字一个字串起来的，“哦，没什么问题的，一点麻烦也没有。”

我和儿子来到工厂后面，的确如此，正如那位医生所言，那儿有一块空地，面积大小和工厂一样，差不多像一个小镇一样大，绵延得无边无际。

这座制绳厂坐落在一片广阔无边的山地上，这种地方是选作战场的最佳场所，两支军队可以在此面对面拉开阵势。这种地方乃将军们大显身手之地，是为了那种可以载入史册的峥嵘岁月而生的。不过那种岁月还是经常会被人忘记，也许它们本来就应该被忘记。这座工厂就位于山顶最高处，往四周延伸了约一公里。工厂外的山下全是墓地，这块地方太大了，不可能像一般墓地那样管理得那么井井有条。坟墓之间长满的不是青草，而是各种各样的野生植物——即便有草，也都是丛生的野草，而不是专门设计的。墓地上连绵不断的墓碑让人心情沉重，看了这些植物和树木还可以稍稍有些缓解。每个墓碑上都有一个玻璃绳结，跟医生说的一样。山坡不断向下延伸，树木越来越茂盛，灌木也越来越密集了。我们一路走下来，时不时还得跳过去，就跟山羊一样。我们注意到一点，下面玻璃结的形状和上面的不尽相同，后来走了三四公里之后，那些绳结就变成了石头的，墓碑也裂痕斑斑，脏乱不堪。从那儿，我们可以看见山脚下另一座城市的郊区，就在一小片树林那边几公里之外的地方。走到一个地方时我喘气喘得厉害，不得已停了下来，在杂草丛生的坟墓间仰面躺了一会儿。我儿子还以为我在跟他逗着玩，于是跑开了，我过了一个小时才在另一个地方找到他。最终我们穿过一片树林找到了一条路，沿着这条路又来到了一条大路上。我们的斯塔福德车停在了工厂外面，所以现在只得继续走过去，不过还好，没走多久就有位开车的好心人把我们捎了过去。那位司机的面孔我如今早已忘记，想起来真够惊人的，我们在接受别人善意时到底付出了多少感激之情呢？我应该记得这张脸的，可是我不记得了，也许我儿子还记得。

有件事一直令我迷惑不解。我一路走一路想，为什么那块墓地要从距离工厂那么远的地方开始修建呢？不是应该从近处往远处修建才合理吗？最古老的坟墓应该就在它附近才对，可是它怎么能这样倒着修建呢？这真是一个谜，困扰了我整整一路。

[redacted]

我想那天走那么远的路应该是个错误，我们走得太远了。接下来几天我不得不待在一间出租屋里喝汤静养。汤是一对心地善良的老年夫妇送来的，他们开了家商店，并以此为生。我猜只是偶尔有旅客从此经过时他们才能把房屋租出去，这屋子的样子不像是经常有人住的。商店一边专营女帽，另一边则是个杂货店。我不知道在这样一个城市能卖出去多少女帽，所以我想他们的大部分收入应该都来自于杂货店。我卧病在床的时候，儿子就在店里帮忙。他们很快就喜欢上了我儿子，好像立刻就明白他能干什么样的活。他喜欢做某件事的时候，总会变得很安静，在商店里他就是这样的。

我想不出他们为什么这么好心。当然这并不是说人们做好事还需要什么理由，但是很多人确实有自己的理由，用心发现背后的原因通常会有回报的——尽管他们经常说，太过用心了没什么好处。我们到这儿的时候夜已经很深了，说不定当我们看见门上的房屋出租广告然后前去敲门时还把他们从梦中惊醒了。不过他们从一开始就对我和儿子非常亲切，这可是我万没想到的。

这间小屋里大部分地方都装饰着航海照片，不过其中面墙上挂着一把镰刀，毫无疑问，他们是希望借助这件武器来驱赶屋里可能出现的幽灵鬼怪。两天后，我在小屋里靠窗坐着，老太太就在我对面的一把椅子上坐下了。她给我端来了一碗汤，平时她都是放下碗就走的，不过这一次她没走，而是在我对面的椅子上坐了下来，双手放在桌子上。

“我想跟你说点事。”她说，“我女儿跟你儿子一样，她已经过世很多年了。不过我们还是把她养大了，她就在这儿跟我们一起生活，我们做什么她都跟着做。她喜欢缝缝补补，虽然那对她来说并不容易。她还喜欢给别人惊喜，但是她不喜欢别人给她惊喜，不过也没人那么做。我想跟你聊聊她，因为我觉得近些年好像没有多少人关心他们这些人了，更重要的是，现在这样的孩子好像不多了。从你跟孩子相处的样子我能看出来，你能从孩子身上发现许多东西，和我们一样。其实这些孩子对世事的体验是和我们一样的，说不定，说不定他们对世事看得还要更透彻些。”

“我希望你了解这一点，”她说，“因为很少有人能理解，也很少有人支持我们。我丈夫说你肯定明白，根本不用我说，不过我还是希望能告诉你，让人们看到你们俩一起出来旅行，看到你儿子生活得这么好、这么快乐，你不知道你这是做了多大的好事。我们从没像你们这样旅行过，我们从没离开家门让她见见世面，不过至少我们也没有把她藏在家里，不让她见人。她总是一大早就跑出去在城里四处玩耍，大家都认识她。如果一个地方的人开始渐渐了解他们，那么到了后来，每个人就会或多或少地开始保护他们。这是她赋予别人的职责，一种短暂的职责，这是一份真正的礼物。我知道在大城市里，或者在其他地方，人们可能会比较残忍，有人会对她很不客气。不过在这儿，人们会逐渐产生一种同情怜悯之心，这个地方适合她生活。现在她不在了，很多人都很想念她。”

老太太站了起来，我目送她。

老太太出去了，我坐着大口喘气，一直喘到窗户里的光线渐渐消失。

J

穆特曾谈起过有关起名字的事，她说起名字是一种懦夫行为，是试图将一种东西限制在某个范围内，规定它只能是这个样子，不会有别的可能性。“鸬鹚的子孙可能不再是一只鸬鹚，”她这样说，“那么它们改变到什么程度才能算是新的物种呢？谁又那么聪明能知道这一点呢？这种变化在两代之间就可以发生吗？比如在母亲和女儿、父亲和儿子之间。”人们有时候会把鸬鹚称为“粗毛”，她非常不喜欢这种称呼。事实上，她是不喜欢叫那种名字的鸬鹚品种，她最不喜欢带有羽冠的那种鸬鹚。

在阅读穆特的著作时，人们不由得猜测她肯定是在某个时候跟带有羽冠的东西——可能是鸟类，可能是钢盔，也可能是一座山——有过不愉快的经历，因为她提到那种东西时，用语确实非常尖刻。

我之所以要提到这一点是因为人口普查的资料是一种文件，对起名之事不太关心，不管你叫什么名字跟人口普查的工作都没多大关系。我们只要了解你的有关信息，在你身上刺上标记，不让你再被另外一个人普查一次，之后我们就可以继续上路了，仅此而已。我们只需要做到这样就足够了，根本不需要知道你的名字。

我觉得辨别能力是一种优秀品质，这种能力不仅可以把一种东西与另一种东西分辨开来，还可以把一种东西分解成各个部分，并分别从各个部分来看待这种事物，而不是仅仅把它当成一个整体。此外，你还可以用这种方式来看待你所见到的任何事情，不仅要考察事情的主体，还要考察其枝干部分——要同时看到一个人的毛孔、四肢，还有其跳跃能力。但是这种能力总是与其他部分联系在一起，也就是说，每一部分都应该有自己的名字。所谓区分事物的能力其实就是对每一部分进行命名，并对这些名字有所了解。事实上，它的用处也只是让你有可能对某一部分侃侃而谈。这种体验的奇妙之处在于认识自己的辨别力，而不在于认识名字本身。

就是因为这些原因，我赞成一个没有名字的世界。在这个世界里，我们看到什么东西，就可以得到什么印象，这种印象深入我们内心，永远改变我们的看法。我相信我儿子生活的世界就是这样的。

不过另一方面，我本人却非常喜欢各种各样的名字，而且喜欢搜集这些东西——我喜欢一些古老的看法，他们认为名字具有一定力量——不过更重要的是，我喜欢说出那些名字。每种语言里对一种事物的命名都有其精妙和高深之处，我们可以看到或者听到那些名字优美的地方。我最喜欢的事情莫过于看到一个名单，或者听见有人谈到一个名字。

我们能不能同时感受到两种相反的情感呢？有人认为这是一种犯罪吗？

古人早就说过，一个人不用说话就可以影响到另一个人。“所有人类都是相通的”，这种看法和塑形学校的观点不谋而合。

学生们感受到各种不同的感觉——快乐、惊奇、愤怒，并要求将这种感觉传播给另一个学生。第二个学生作为一名观众，不能反对第一个同学做的任何事——不过这并不是什么剥夺人权的规定——当然也不应该像个木头人一样，她们的任务就是坐在那里，仔细体会，认真感受。接着，第一位同学会过来，想方设法让第二位同学体会到她心里的愤怒。

这样做的一个障碍就是，通常情况下，情感从一个人到另一个人的桥梁并不是一面镜子。也就是说，当一个人愤怒时，有时候会令你害怕，而当他害怕时，你可能会感到愤怒，甚至高兴。还有时候，一个人的悲伤可能会让你感到厌烦。也就是说，人类无法控制一种感情并利用它来为自己服务。当然了，有时候一群人完全可以将自己的情感传达给一个位于这个群体边缘的人。一群惊恐的人是非常可怕的，我敢说每个人都有过这种体验。同样，一群愤怒的人——如果你很清楚自己不是他们生气的对象——是很容易让别人发怒的，你会不自觉地感受到他们的怒火。

所以，从某种意义上说，我们现在的思路就清晰了：一个人如果想要把自己的情感传达给另一个人，他必须用某种办法给自己弄来一大堆同伙。下面两种办法大家可以任选其一：第一，他可以假装有很多同伙；第二，他可以让自己的对手感觉他们非常渺小。不过，后一种选择是塑形学校的女校长所不允许的，因为她们的办校原则反对蔑视生命，反对摧残观众的心灵。这样，就只剩下第一种选择了。那么一个人该如何表现出一群人的架势呢？

究竟该怎么做呢？

塑形学校传授的方法与技巧后来在我妻子生下儿子时派上了大用场。没有人知道该怎么对待他，怎么教育他，怎么去帮助他，很多人认为应当对他听之任之，也就是说让他自生自灭，不过这种方法基本上等同于犯罪。幸运的是，如我前面所言，我们有很多优势，因为我妻子是个非常特别的人，有着成千上万种奇思妙想。

塑形学校的学生学到的第一件事就是要有耐心。要想影响另外一个人你要做出一些动作，然后就耐心等待这些动作产生效果。“等你能够认出这些效果到来之前所发出的信号后，就不需要等待那么长时间了。”我妻子经常说，“有时候你说了一句话或者做了一件事，也许多年以后才能产生一定的效果，也有可能是在梦里出现同样的情景时效果才能显现，这谁能说得准呢？我们的行为会不断重复，人类确实有很多令自己都感到震惊的行为！”

无论如何，我妻子确实异常有耐心，她在儿子身上做了一次新的尝试，然后耐心等待结果，然后再做另一种尝试看看会有什么结果。她坚持不懈地重复这些动作，不断加强它们的效果，但并不幻想会发生什么奇迹。最主要的是要让儿子知道我们是一起参加了某个项目，这个项目就是我们的人生。要参加这一项目，他现在拥有的东西就足够了，并不需要别的。事实上，我们大多数人都是如此。难道不是这样吗？他为什么要跟别人不一样呢？

妻子去世前一年，她经常对我说，儿子出生后她就没能再继续自己的小丑事业，这真是一大遗憾，因为她觉得这段经历让她的理解力和感动别人的能力都增加了上千倍。说实在的，我觉得自己也是如此，有了儿子以后，作为医生的我比以前更称职了，因为我逐渐产生了一个基本观念：我们不应当从任何人那里期待好意，也不应当低估任何人。这种谦卑不仅源于我对自己估计不足，更是因为我缺乏自信。大家也知道，正是这种念头促使我开始了人口普查工作。

然而，我在前面说过的那种项目——有关人生的项目，我妻子、儿子和我共同参加的项目却因为妻子的去世遭到重创，我们——我和儿子——别无选择，只得采取果断的方法，对事情重新进行评估。对于我们来说，这种方法就是人口普查，所以我们才开始向北出发，历经一个又一个地方，从B地到C地再到D地，然后从E地到F地，又到了G地。

我们可以采取别的方法吗？可以用另外一种截然相反的方式进行评估吗？比如来一次航海旅行怎么样？我和儿子可以乘着海风，在一群带着白手套的侍者簇拥下享用晚餐。可惜那不是我们赖以生活的精神，所以这种方式是不会在我们生活中出现的。那么还有其他方式吗？很难说。我知道我妻子希望能跟我和儿子一起游遍全国，她的这种愿望在我记忆里逐渐变成了她的临终遗言，那是一种难以违抗的命令。所以，和儿子一起进行一次简单的旅行，不怀有任何目的，这就成了一种必需。我们不可能有别的选择机会，有也很少。从某种意义上说，这次人口普查就代表了我妻子，本来三人行的应该是她、儿子和我，如今却变成了另一个三人组合：我、儿子和人口普查。我们本着一个共同的目标走到了一起，因此不必凡事都问个究竟，只需要去感受就可以了。

穿过一条河，我们来到了J城，一路上谈论着可能在这里见到的好东西。一天的光阴悄悄溜走，和别人一样，我们也谈起了吃什么晚餐的问题。我想喝点汤，要点儿蔬菜汤，或者再来份煎奶酪三明治，这些都是路边饭店里常见的晚餐。我儿子想吃汉堡，或者再要一份馅饼。

可是J城好像空无一人。这里的道路依然状况良好，我们来时走过的桥也畅通无阻，但家家户户百叶窗紧闭，屋顶坍塌。幼树的嫩芽和植物茁壮而残忍的枝干令水泥地面和墙壁裂痕斑斑。

“我们只能继续往前走了。”我说。最佳计划就是穿过这里，继续驱车前行。我们一路走，一路想象着晚餐的样子，我好像能看到汤里的热气在袅袅上升。

我并不认为妻子对儿子很失望，我也不认为她很自责，或者会责备我。以她对世界的了解，她绝不会有这样的想法。不过我确实知道，她有时候会希望我们能做得更多一些。有很多事她都希望去做，可是现在她不在了，一切都很清楚了：我们过去没做的那些事，将来也不会做了。我想对于普通孩子来说也是这样，其实对于任何一个孩子来说都是这样，不过对于一个永远需要有人照顾的孩子而言尤其如此。我从没有因为他向妻子道过歉，她也从来没有跟我说过类似的话。即使我们真的感到自己很不幸，那种感觉也只是一种抽象存在，因为实际情况是，我们都觉得能够拥有他是一种幸运，能经常陪着他、照顾他更是一件幸运的事。我读过一些有关责任的哲学书，它们对责任一词进行了解释，并且认为我们都在以某种方式为自己寻找一种适合的责任。在没有找到这种责任之前，我们会感到无限迷茫，甚至会失去对生活的信心。

K

我们一大早就来到了下一个城市，那儿的人给我们讲了J城的事。“J城曾经发生过一次矿难，因此当地唯一重要的企业就此倒闭，其他行业也渐渐萧条，人们也渐渐搬走了。不过还有一位老人仍然住在那儿，你们见到他了吗？”

农业是K城的主要产业。K城并不是一座单个的城市，而是由一连串小城镇组成的。沿河有三四个小城镇，两边全是田地。

“从事农业有一点不好的地方，那就是做什么事情都不对。”一个人告诉我，这是他的原话，“作为一个农民就要习惯于任何一件‘不对的事情’，应该没有人比农民更加了解公平。”

“这句话有什么更深刻的含义吗？”我问。

“没什么更深刻的含义。”

那人的妻子咳嗽着，给我端来了一杯咖啡。

“那些矿工都觉得他们可以很容易就把那些珍贵的东西

从地下挖出来，轻轻松松就能发财致富，可是工矿塌下来的时候怎么办呢？”

我说我也觉得挖矿很不容易。

“哦，确实很不容易，的确很难。可是你需要投入吗？需要等待很长时间才能看到成果吗？”

我不是太理解他的意思，于是低头尝了一下咖啡，真的太难喝了，不过我还是赞美了两句，向他们道了谢。我先对那个男人进行了普查工作，接着是他妻子，之后我来到他们房子后边坐下，靠着一扇窗户俯视下面的田野。那位妻子坐在我旁边的一条长凳上，我立刻感觉到了她女性独有的特征。这世界上有男人，有女人，有男孩也有女孩，很明显，没有一个女人比其他女人具有更多女性成分，每个人都有一定自由，可以成为自己想要成为的样子，并从无到有地塑造自己特有的形象。不过确实有人深谙一种文化对于女性的要求，明白女性应该是什么样子的，所以会自带一种强烈的女性气息。年龄大小并不重要，不过这是我要说的另一个问题了。我还曾经见过一个男的很有女性魅力。这位妻子和我一起坐在长凳上，我闭上眼睛都可以感觉到她女性的吸引力，这就是我想表达的意思。

她给我讲了一件很多年前的关于她自己的事。对我而言，这正是我最希望了解的——她的核心部分，作为一名人口普查员，我不需要再了解更多了。

她说：“我遇见我丈夫时已经跟别人结婚了。我第一任丈夫是P城一个化工厂的领班，要是你们一直往北，肯定会路过P城的。我们的房子很大，还有两个女儿。我那时是城里长得最好看的姑娘，人人都说我很幸运。他们经常这么说，你真是幸运，两个女儿也长得很像你。可是我的两个女儿后来都不在了。我丈夫的衣服上沾染了一些细菌，两个女儿都感染上了。她们那时一个三岁，一个五岁，我还记得她们的身体有多么瘦小。我那时候彻底傻了，谁说什么我都理解不了，我所能做的就是离开他，假装什么事都没有发生。我带着一个很小的包裹上了一辆公共汽车，来到了这座城市，嫁给了现在的丈夫，继续做我以前的工作。我们又有了一个孩子，是个女儿，她第二年就出生了。

“我给她起的名字包含之前两个女儿的名字。她的名字是大女儿的名字，中间名是二女儿的名字，她的全名就是我们三个人的名字，因为我还保留着我自己的姓氏。不过她现在也不在了。有一天她去上学，之后就再也没回来。不过我理解这一点，因为你不可能请求一个人留下来的，对吧？我想知道的是另一件事：再次使用两个女儿的名字，给她起那些名字有什么用呢？为什么我们纪念一种东西的方式是要假装有别的东西跟它相似呢？这样做有道理吗？”

我说这么做没有一点道理，不过我理解，我觉得自己能够理解她为什么那么做。我问她她丈夫对整件事是怎么看的。

“他并不知道这些，我从来没有跟他说过。”

她说不知为何她就是知道总会有一个人来到这里倾听她诉说这一切，在那个时刻来临之前，她不用着急。“反正总有很多事情可做。”她说。

从窗户里望出去，外面一望无垠的原野一片荒芜。当时还是冬天，天空阴云密布，四周寂静如水，远处一排树梢上的一只鸟打破了这里的寂静。在某种心境下，不管你在哪儿都会觉得这儿距离其他地方非常遥远。还有些时候，我会觉得我可以随时跳起来，简直可以从身体里跳出来去到其他地方，任何地方都可以去。大家有没有过这种感觉呢？

他们房子里的装饰色彩明亮，质地清新，看了叫人心生喜悦，像是瑞典式的装修。我又从窗户向外望出去，云彩里透出一道光线，就像是画中的情景一样，四周的田野似乎陷入了阴影之中。后来光线渐渐扩散并慢慢消失了，可是突然之间光线又回来了，而且更加明亮，整个田野都光芒四射，一切都看得清清楚楚。不过很快，乌云又聚拢回来了。

那位妻子的样子很像是我之前认识的一个人，像是一个从窗户掉下楼的病人。我给她治好了胳膊和腿，作为感谢，她经常一篮子一篮子地给我们送东西。我妻子很喜欢她，但是我不喜欢她。妻子总是问我："你为什么不喜欢她呢？"我老是捏造出很多理由。我会说："她养的狗太多了""她自己都认不清楚"，或者说"因为她大晴天却穿了一件雨衣"。我和妻子说话时就是这种方式。

不过现在，和我一起待在房间里的不再是我不喜欢的那个女人，而是这个我不认识也不可能认识的农妇。因为我不是她的世界里的一员，我只是在途中偶然路过此地的人口普查员，所以无所谓对她喜欢或不喜欢。

"你有什么问题要问我的吗？"她说。

“你离开P城已经很多年了，”我说，“你回去过吗？见过那位领班前夫吗？”

“我总觉得他可能自杀了，肯定的，他肯定自杀了。”

她说“杀”字的时候带着一点口音，不过我说不上来那是什么地方的口音。

“你觉得呢？”她问我，“在那种情况下你会怎么做？你会不会也自杀呢？”

我们回到另一个房间，我儿子和那位农夫在下棋。我儿子有三个王，所以一副扬扬自得的样子，这盘棋胜利在望，而那位农夫只有一个王，看样子情况不妙。

我给他们拍了一张照片，两人都趴在棋盘上，全神贯注。我儿子还穿着外套，农夫的袖子挽了起来。

就在这时，在我拍照的时候，农夫问这盘棋能不能和了。我儿子向来不喜欢有人催，尤其在他这样得意的时候，因此作为回答，他拿起自己的一个王走了一步。虽然我怀疑这一步走的是否有必要，然而我看见他正看着棋盘开心地微笑着，就连那几个“王”的牙齿也都露出灿烂的笑意，像是用画笔画出了一个个太阳。

这一带乡村非常辽阔，超乎所有人的想象。这里地形复杂，任何形式的测量都不可避免会出差错。有人认为只要乘着飞机在空中拍照就可以了，什么东西都不会遗漏，但问题是，从那么遥远的上空望下去，一切都不复原来的样子了。我经常看到都城以北乡村的照片，也经常听到有关它们的故事。我还听说许多跟我们一样在外旅行的人都曾沿着这条路到过 Z 城，可是有关 L 城以北的地区就很少有人谈到了。

我和儿子一路沿着长长的斜坡驱车前行，K 城已经被远远甩到了身后。从车窗望出去，外面烟雾迷蒙，可以模糊看见两旁狭长的山谷。接下来的旅程，我们就要从这种工业废墟似的地方穿过了。这里偶尔点缀着大片大片的看似荒野的地方，其实是些被认为不值得开发的城镇，以及城镇四周的大片田地。

我的情况越来越糟糕。我觉得很有必要再歇一歇，也许得找个地方住上几天，可是我们来到的第一家旅馆实在脏得不行，虽然交了钱，儿子却不愿进去睡觉，结果我们只得又在车里凑合了一夜。

“你能进去睡吗？求你了！”

可他就是不愿意进去，说什么也不行。

那个旅馆的名字叫“利普雷汽车旅馆”，我承认我自己也不愿意在里面睡觉。

第二天一早，我们就来到一栋公寓大楼前，敲开了第一家的大门。

儿子和我之前曾争论过这儿的人是否与我们不太一样，或者说，我们一致认为他们肯定会有所不同。只是儿子认为这儿的人会与之前见过的人完全不同，而我对这点持有异议。

第一家来应门的是一位年约50的男人，他脸色发黄，留着小胡子。

“人口普查的哈，好吧，进来吧。”

这人是L城警察局的一位侦探，在警察局里工作了30年，在此期间，他几乎见遍了一个人身上可能发生的所有事，无论是好事还是坏事。

他妻子比他要年轻得多，差不多还是个小女孩。他告诉我们他妻子刚刚出去，不过九岁的儿子在家。他们并排坐在沙发上，我们坐在他们对面，大家偶尔聊上一句。

起初那孩子一直不明白我们到他家来打算要什么东西——这一点可以理解，因为我们并不要什么东西——不过孩子的父亲是位法律工作者，对人口普查工作了解得很清楚，于是他跟儿子仔细解释了一番我们的来意。这就意味着，虽然我们此行别有用意——有自己的目的，我前面说过的，这个目的与人口普查行为完全无关——但至少在目前这种情况下，也只好重新调整自己的行为，做人口普查员应做的工作了。

那孩子一直抱着一个身穿厚厚白衣的士兵娃娃，娃娃的样子像是在进行某种冬季训练活动，娃娃的手里拿着一把步枪，也同样厚厚裹着白布。

“你们能不能把亨利也普查在内呢？”小男孩问。

他父亲告诉他这个问题很荒唐，“亨利只是一个娃娃而已，不在人口普查之列”。

“不过仔细想想，”我说，“也没有什么理由非把亨利排除在外。人口普查的方式会导致很多错误，即使把亨利算进去也不会造成多大影响。”

“此外，”我还指出，“亨利作为整个文化中的一名成员，很可能代表了人类中共性的一面，因此把它普查在内并不会与其他数据有抵触。”

那位父亲作为一位经验丰富的侦探，很知道什么时候该息事宁人，于是很快找了一些合乎时宜的事情岔开了话题。

“好吧，亨利，”他说，“你是怎么想的呢？”

那孩子说其实应该先介绍一下亨利。

侦探解释说，过去六个月里他儿子一直想要这个冬季狙击兵玩具，可是每次他们去商店都没有货，因为玩具早被抢购一空了，而且那家玩具店还不允许订购，所以只能碰运气。小男孩的很多朋友都有玩具士兵，好几个都有这种冬季狙击兵玩具。有这种狙击兵玩具的小朋友都坚持认为这是最好的玩具，于是别的玩具都被散乱地放在屋子里，好让狙击兵娃娃注意到它们，把它们杀死。其他任何一种说法都会遭到辩驳，按照这种说法，小男孩的士兵玩具全都不值得一玩了，他也变得郁郁寡欢，总是长时间盯着天空发呆。

后来，在我们到来的前一周，侦探接到紧急任务，来到一处犯罪现场。这里，一位女子带着两个孩子自杀了，而她丈夫正是侦探主抓的另一个案件里的嫌疑犯，如今逃亡在外。侦探在这户人家走来走去、搜查东西时，目光偶然落在一样熟悉却又几乎令他憎恨的东西上面——就在一个死去孩子的床下面，躺着一个冬季狙击兵玩具，枪支全部完好无损。

“我就是这样见到亨利的，”他说，“亨利需要一个家。一个人总不能一天到晚四处狙击，执行任务吧，有时候还是需要一个家的。”

我们一路开车前行，我开始觉得昏昏沉沉，有时候甚至不得不在路旁停上几个小时。我时常感觉呼吸困难。

我们就这样一家一户地拜访，得到了需要的信息。我觉得我们不仅仅是旅行到了L城、M城和N城，我还回到了自己的过去。因为在我昏昏沉沉的大脑中，又回想起了一路上遇到的人们，他们在给我讲自己的故事。我觉得我已经非常了解他们了。

我不断做噩梦。在梦里，我又回到了人口普查办公室。那位长官告诉我，我所有的表格都填错了，我递交的所有资料都只能销毁。他还让我看了看这造成了什么样的灾难后果。他带我来到一个房间，打开大门。屋子最里面有一个火炕一样的东西，我搜集到的所有文件资料都堆在那里，我一路上见到的人都变成了一个个小人挤在文件上面。接着，所有东西都被付之一炬，一时间火焰熊熊。这是其中一个噩梦。在另一个噩梦里，我在给人剪头发。不知出于什么原因，反正我就在人口普查办公室，给那里的工作人员剪头发。我听到他们在谈论某个人，而这个人就是我。他们说了很多可怕的事，都是关于我儿子的。他们说我们俩将来肯定会发生什么不好的事情，结局不会很好，我们自己肯定也知道这一点。他们聊得太开心了，我没法好好剪头发，只得一次又一次要求他们不要乱动，可他们就是不听，只是肆无忌惮地大笑，开心得难以形容。有关这位人口普查员和他儿子这对傻瓜的笑话真是接二连三，层出不穷，不仅如此，等着剪头发的队伍也排得越来越长。

在第三个噩梦里，人口普查办公室的长官让我坐下，跟他解释解释我究竟在做什么。他说："你本来应该挨家挨户拜访城里每一户人家的，除非每一家都走访完毕，不然你不能离开那个城市，你难道不知道这一点吗？"

我试图跟他解释我没有那么做的原因，可我的嗓子无论如何都说不出话来，只能发出耳语一般细小的声音。我向他低语，他却一直要求我大声说话，可是我又说不出来，于是他就用手掌拍了我一下，拍得很轻，就像我们对待孩子或狗那样。

“站起来！”他一直这样命令。可是等我挣扎着站起来后，他又会把我推倒在椅子里。

每天早上我都是在车里醒来的，我觉得自己就像是被囚禁在车里了一样。不过这也是唯一能让我感觉舒适的地方了，即便谈不上舒适，至少还算自在吧。

我们对车越来越依赖了，每天早上都在车里醒来。我们在车里醒来时，挡风玻璃就在我眼前，模模糊糊的玻璃就像是棺材盖子一样。就是那感觉，一点不错，我就是躺在一副棺材里。不过在这时我总会听到儿子在身旁的呼吸声，我总能听到他的声音。有时候他也会醒来，向我伸出手，我们就互相握着手。这时候我才可以呼吸通畅，一天就这样开始了。

我觉得我一定要继续向 Z 城进发，此外别无选择。不过，我的病情不断恶化，我觉得我可能坚持不到 Z 城了。可到那时又怎么办呢？没有选择机会的时候，我们就只能竭尽全力把眼下的事情做好了，只能做好眼下这一点事了。

M

我们刚刚认识的时候，妻子给我写了很多信。我们住在同一个地方，虽然并没有住在一起，但是在一个城市里。我们每天都见面，或者说几乎每天都见面，不过即使这样，她仍旧写了很多信。

“我只是觉得，”她总是这样说，“有很多事我永远不会亲口对你说的，但是你必须得知道这些事。”

而且她总觉得她并不认识信里的那个自己，等到信写完后，她才似乎认出那个人，就好像重新认识了自己。

她说她在塑形学校上学时，晚上就住在附近一对年轻夫妇家里，三个学生在这里吃住。这三个学生分别是我妻子，另外一个名叫格雷琴的女孩——她年龄和我妻子差不多，都是 17 岁——以及另一个年龄要小一些的女孩。那个年龄稍小的女孩没有一点意思。“你还记得你姨妈家的花瓶吗？你有姨妈吗？她家里有花瓶吗？你见过那些花瓶吗？那个女孩就像是这样一个花瓶，很难有人注意到，即便注意到也会很快忘掉，没人能说出它跟其他花瓶有什么区别。”

我妻子说那对夫妇还很年轻，但他们非常成功。房子很大，大理石地板非常漂亮，房间一间连着一间，厨房就有两三个，此外还有阳台、门廊等。男的是一名律师，妻子是一位化学家。因为那位妻子是个化学家，所以她有很多时间都是在实验室度过的。她一去实验室，她丈夫就在家里各个地方与格雷琴亲热。那男的很有魅力，他不知采用了什么方式从一开始就让那些女孩明白：整件事只不过是逢场作戏而已，但一定要保密才行。而且女孩们还与他就此达成了共识，反正他是这么说的。与此同时，那位妻子还总是在闲时坐下来跟女孩子们谈心，在为人处世之道和如何做女人方面给她们提出很多建议。她总是拉住格雷琴的手说：“你必须从各个角度去考虑问题。”格雷琴每到这时就大笑，她笑起来声音很沙哑，跟驴子叫似的。可她还是笑个不停，因为她觉得整件事太可笑了，那个女人竟然跟她谈“各个角度”。

不管怎样，我妻子那时候还只是个小女孩，她喜欢塑形学校。照她的话说，她“总算找到了一个可以挥动翅膀，在空中自由翱翔的地方”。老师们不仅对她赞不绝口，而且总是拼命鼓励她、督促她，甚至为此责骂她。在塑形学校的最后一个学期甚至有位老师为了督促学生，动用了皮鞭，这鞭子还在她身上派上了用场。

我妻子说，有一天她只穿了一条长裤就进了教室——在当时的塑形学校，裸露身体是司空见惯的事。可老师还是重重抽了她几鞭子，用力很大，就抽在她锁骨下面。那她为什么会遭到鞭刑呢？她遭到鞭刑是因为没有注意到当时发生了什么事情，这跟她没穿上衣没有任何关系。

塑形学校有一个原则就是，进到一个房间时，最好立刻搞清楚当时发生了什么事情。不管发生什么事，你都要搞清楚其发生过程和发生地点，只有了解了其过程和地点，你才会知道自己该如何行事。你甚至可以闭上眼睛，重现当时的情形，要到这种地步才行。

可是那一天，她本来就迟到了，此外还满脑子都想着别的事，所以冲进教室的时候，没有注意到一条狗正在桌子上生小狗。她进来的速度太快，惊动了那条母狗，这才导致老师对她进行了重重的惩罚，而这绝对是英明正确的决定。

“不过我一直很喜欢那位老师，”她给我写信时一五一十地讲述了整件事，“虽然她抽了我一顿我还是一直喜欢她。她上课总是毫不留情，我们每次离开教室时都要带着一些‘印记’。”

在另一封信中，她提到了她的男朋友威利。威利不在塑形学校，他在附近一所城市上学，不过他一直怀疑她在塑形学校性生活会很丰富。但是就我妻子而言，这些事在塑形学校是绝对不会，而且永远不会发生的。虽然如此，不过塑形学校的学生确实无法无天，同学之间有身体接触很正常，而那种风气让他不敢相信她没有干过那种事，所以他就一直想要证明她在说谎。“尽管如此，他还是一个很不错的男孩。”她这样说。要不是因为一件事，她很可能会嫁给他的。“有一天，我们聊天时他说了几句话，说得非常可怕，于是我决定以后永远不再搭理他了。虽然我很爱他，虽然我希望能与他共度一生，可是他说这些话真是太过分了。我当时就知道我永远不能再搭理他，永远不能再见他了。在下一封信里我会告诉你他说了什么。”

当然了，不用问也知道我对威利说了什么非常好奇。不仅好奇，我还有点担心——我只是最近才认识了这位年轻女士，我非常喜欢她，所以不想说错什么话结果也和威利有一样的待遇。但是日子一天天过去，我每天都见到她，下一封信却再也没有来。我有点担心起来。一天我们在城市花园里卿卿我我时，她突然扭头对我说：“你肯定很好奇威利对我说了什么吧。”

我说是的，我确实很好奇。

“说实话，我从来不认识一个叫威利的人，塑形学校不允许谈恋爱。事实上，我们必须签订协议保证自己不谈恋爱。塑形学校的老师认为人们是一个个孤立的个体，而且应当永远保持这种孤立的状态。我也不认识什么男孩子，也不比别人谈恋爱更多。知道我没什么恋爱经验，你不高兴吗？”

很久以前我有一套公寓，就在一家面包房上面。房子的墙壁和地板都很薄，夜里躺在床上，可以听到面包师们来来回回走动做事的声音。我不是说这是一种叫人烦恼的噪音，我要说的是，我很爱这种声音，甚至可以说，每天早上都能在下面烤面包的声音中醒来反而让我睡得非常踏实。这声音令我心旷神怡。到了起床的时候，我会先到窗户前打开窗。好吧，我承认，房间是简陋了一些，不过窗户确实高大明亮，落地窗从地面一直延伸到天花板。我会在阳台坐上一段时间，凝望着下面热闹的大街——那是城里的一条老街。后来，这里的很多脸孔我都熟悉了。他们喜欢这些街道，我也喜欢，我们都不希望离开这里，搬到其他地方去。

在那个时间，很多人的目标都是面包店，所以从某种意义上讲，我坐在阳台上看着这一带的人们三三两两来到这里然后四散走开，那感觉就像是坐在插在一只猛兽前额的桅杆上，纵观全局，威风凛凛。不用说，面包房就是那个猛兽。我心里非常兴奋，我兴奋是因为那一年发生了一件不可思议的事情：我确信自己找到了那个我可以深爱的人。在此之前，我同样确信一件事，同样确信但信念却完全相反。多年的经验和合理的想法告诉我们：像你这样从未找到真爱的人，是永远不可能找到真爱的了。原因是人类本就是一座座孤岛，是不可能进行交流沟通的，人们只是相互倾轧，进行无言的欺骗，最终感官逐渐迟钝。

可是有一天我做了一个梦。那是我参加外科手术考试的前一天，我梦见我从头到脚都裹着银光闪闪的布匹。我站在一块草坪上，太阳和月亮就在头顶，好像离我很近。就像我刚才说的，我浑身上下都包裹着闪烁着银光的东西，这让我感觉到四肢和五官都沐浴在一种纯粹的幸福之中。我叫了起来，但是这根本没有必要，我只是发泄内心的快乐。这时有人从黑暗里向我走了过来。草坪上四处都生长着树木，我可以感觉到，树林里有成千上万人在抱着双臂，凝神张望，翘首以待。接着，从这群人中，一个人——一个女孩——走了过来，她的脸扭到了一边，我无法看清楚。可是她走得越来越近了，我又叫了一声，她走得更近了。梦做到这儿，我醒了，原来我就待在自己的房间里，烤面包的声音、面包师的谈话声依然在楼下响着。我走到房间另一端，脚踩在温暖的地板上——我的脚简直都在放光。打开窗户时，我感到有上千扇窗户、上千扇门都打开了。不知道为什么，反正我知道自己踩到了一串钥匙——这说明，过不了多久我就会遇到自己所爱的人。

也确实没等多久，可能是一个月，也可能是两个月，突然有一天，我在一个角落里仔细观察自己写在手背上的路标时，一个女孩向我冲了过来。“很抱歉，”她说，“很抱歉打扰你。可是那边儿那个男的，正在过马路那个，我想我看见他偷了你的钱包。”

我把手伸进口袋摸了摸，她说得不错，钱包确实不见了。我又看了看刚刚那人所在的地方，可是他已经不见了。突然间，我又看见了他，他正在前面不远处准备拐弯。我追了过去，可是那个女孩也追了过来，一边大叫着：“等一下，等一下，请等一下。”

可能你们猜到了，没错，确实是她拿走了我的钱包。她把钱包还给我，又问我这么心不在焉的是要去什么地方。我不无嘲讽地说我要在一个大会上发表一篇演讲，主题和好心肠的陌生人有关，主要是说明现代人是多么缺乏这种善意。“你就是个完美的例子，要不要一起去呢？”

她没有笑。

“可是说真的，你到底要去哪儿？”

“去参加晚会，有人开了个晚会。可我谁都不认识。”

她微笑着挽住我的胳膊。

“既然如此，”她说，“那我们就一起去吧。我跟你一起。咱们可以假装既是兄妹又是情人，你说怎么样？我们可以假装勉强抑制自己的感情，因为那是公共场合，不过还是情不自禁有火花爆发，谁都能看出来的那种。你觉得怎么样？”

我得说一句，那时我妻子已经非常成功了，不过不巧的是，我并不认识她。当然了，她倒是挺喜欢这一点的，可能我不认识她反倒成了我们爱情的一个先决条件。

不管怎么样吧，她住在城外一所漂亮的房子里，那儿有一个很大的仓库，她就在那儿演出。她没有打算因为我的缘故搬家，所以我只好搬出了自己居住的地方。不过，这造成了一个问题：到那时为止，她已经习惯了到那儿去找我，而且特别喜欢站在街上仰望我的公寓，喜欢看到我映在窗户上的剪影——房间太小了，不管我待在哪儿从外面都能够看到。

从这个例子里可以看出她的思维方式。现在的问题是，我以后不会再住在这个公寓里了，因为我要和她一起住在别的地方，而她无法忍受这一点。而她的解决方式就是，直接买下那套房子。她真的买下了房子，我们把它租给和当时的我颇为相似的人，这些人的身高和剪影都和我非常相似。

所以很多年来，甚至直到她去世之前，我们都会走上那条老街，从窗户里看着过去的我在那个屋子里做这做那，情景就跟我住在那里时一模一样。

她非常瘦，我妻子一直都那么瘦。她的脸看上去有点像是一只貂。如果你见到她的样子是不会很信任她的。她个子也不高，而且总穿着宽松的衣服，不过只要她愿意，她可以把自己打扮得看上去很高，或者有时候把自己打扮得更加矮小，这也是她艺术生活的一部分。

她的手指又细又长，左眼下面有一颗痣，看上去像是一滴眼泪。她的睫毛是灰色的，像是一个雨帘，你说话时她的眼睛好像在穿过你看别的东西。人们总会不自觉地回头，想知道她在看什么。

她并不是很强壮，不过为了工作，她接受了强度极大的体力锻炼。她动作非常敏捷，敏捷得让你吃惊。我还记得有一次她和儿子一起坐火车——那时儿子还小，可能只有五岁，身体也很弱——有一个人拿我们儿子打趣，所以她毫不迟疑，照着那人的脸就是一拳，直接打破了他的鼻子。后来警察都来了，事情本来会很麻烦，不过车上其他人都不愿给那人做证。

可她最终还是找到了那人的地址。我们给他送去了一盒特制的巧克力，六个鼻子形状的巧克力。这就是她的幽默。我们向那位巧克力店主解释了此事后，他甚至没有向我们收钱。

从我认识她那一刻起，我就不再感觉孤单。如果说我有什么变化的话，那就是我更不愿意与人交往了，因为不管我想说什么，说给她听时我都能表达得更好，她也比任何人都听得更认真。

有时候她会劝说我拿工作开开玩笑。比如，我可以在某个病人的身体里留下一个钳子或夹子，上面还要附上一个纸条，向将来取出这个钳子或夹子的人说明原因。不过当然了，我从来没有干过这样的事。

可后来我经常想，是什么东西把她吸引到我身边的呢？她说是因为我的情绪有些轻微的混乱。她看见我站在街角，就一直在观察我，这是她过去为了表演经常做的事情，因为她要模仿别人。她发现我很难模仿，倒不是因为我在虚张声势，而是因为别的原因，我不知道的原因。

N

有时候我会一口气连开几个小时的车，在这种情况下，我停车只是因为儿子在不断拉我的胳膊，拉了一次又一次。不过有时，我只是坐在车里，盯着玻璃，简直无力让车前进一步。这时儿子总是耐心等着，他能这么耐心简直是个奇迹。在这种情况下，他总是自己纵声高歌，很快，烟消云散之后我们继续上路。有很多次，我真觉得无法呼吸了，好像末日真的就此来临。不过很快，前进的时刻一到，我又能够继续呼吸了。

我记得有一次我们在一栋楼房的入口处停了车，那不是在 M 城就是在 N 城，那儿没有停车场，车辆四处乱放，我们就把车停在门口，然后走了进去。

几个样子像技工的人懒懒散散地在楼前的台阶上闲晃，我们聊了一会儿，给他们都刺上了人口普查的标记，然后我们就进去了。原来这里是一个寄宿家庭，有很多单人房间和一个共用的浴室。管理人是个拉伯雷式的大胖子，他拿着一把近乎是装饰性的扫帚脚步沉重地走来走去，逢人就大声咒骂。

他把我们请进了他自己的私人房间。他的房间和其他人的房间完全一样，也就是说，儿子和我一起坐在一张单人床上，他则坐在我们对面的一个单人椅里。他说的话我全都记了下来，并且尽可能做到了一字不差。

他说："我当过兵，不用说，肯定是一名非常合格的士兵。我参军时只是个普通列兵，退伍时已经是个上尉了，这可不是每个人都能做到的。他们都说，只有战争期间才会发生这样的事。这群人总是不停地问我杀死过多少人。'那你杀死过多少人？你杀死过几个人？'"

他模仿着年轻房客们的口气说道："我总是跟他们说，'一百，要么二百，你猜吧，一个跟机器人一样的杀手是永远不需要计数的'。为什么呢？"

他大笑起来，笑声几乎像在吼叫。

"因为他很忙，总是忙着杀人。首先我是一个机器杀手，其次我还要管理那么多卡车和坦克。我管理卡车和坦克的方式跟我管理这些房间一样，一个道理。"

他让我看了看胳膊上一个狮子形状的文身。狮子尾巴缠绕在肱二头肌上，差不多一直伸到了脖子上。脖子上文有一条消防带，一群消防队员正用它扑灭脖子上熊熊燃烧的大火。此外，他脖子上还文了一栋房子，从模样上看正是我们现在所在的这一栋，用于扑灭大火的消防带实际上就是狮子尾巴。他给我们看文身时顺便还让我们看了这个。我儿子一点儿也不喜欢，他不喜欢文身，不过我倒觉得这挺神奇的。

“后来你怎么住到这里来了？”我问他。

“我一直生活在这儿，这是我小时候的家。我父母就是经营这个的，和我一样，只是那时候我们住在地下室。”

他又给我们看了看他父母亲的照片，两个人样子长得基本上差不多，都和他很像。

“你一个房间收费多少呢？”我问他。

“差不多是他们工资的六分之一，这样孩子们才能住得起。这里头还包括饭钱，所以价格还算是公道，真的很公道。”

“你知道我是怎么找到他们的吗？怎么找到这群人的吗？”

我说我不知道。

他说其实是他们找到他的，他从来不需要刻意去找某一个房客，事实上，很多人来的时候，这里压根都没有空房间了。

“你要不要看看名单？”他说着从桌子上的一个盒子里拿出了一份名单，“你可能都数不过来，看看就行了，这里有一百多号人呢，那边儿是一张候补名单。看，‘斯特隆男子寄宿公寓’。这个生意其实并不怎么成功，我没赚多少钱，不过我觉得这就像是一个社区，我喜欢有这些年轻人围在身边。”

“我没时间带你去看了，不过你要是去下面的咖啡馆就会发现墙上有六十多张照片。每年一张，从我父母那个时候开始就有了，所有房客排着队照的，管理人在最中间——那是我的权利。”

在我们离开之前，他还让我们看了好几样东西，其中一个是他从国外带回来的带有精致雕刻的号角；还有一个板子，上面全是他的奖章。

“我就不送你们走了，”他说，“我还得忙呢。”

我关门时，从门缝里回头看了一下，发现他坐在我们刚刚坐过的床上，拿着针线在缝补什么东西，可能是一件衬衣。我们四目相视了一下，然后把门关上了。

接着我们来到临近的一条街上，那里，在两栋五层的公寓大楼之间有个小小的院落。我敲了敲门，一个穿着明亮的蓝色家居服的老太太开了门。“我耳朵听不见，所以你只能把你的问题写下来了。”她说。于是我在一张纸上写道：我是一名人口普查员，来这儿进行人口普查。“哦，原来是人口普查的，”她说，“我喜欢人口普查。”

我等着看她是不是还会说点别的，可她转身走进了另一间屋子，回来时手里拿了好几张纸，还端着一个盘子。盘子里是一壶咖啡和一些廉价饼干，那些饼干肯定放了很多年了。

“开始吧，”她说，“我准备好了。”

她说她一辈子都住在这个地方，以前是住在隔壁的院子里，这些都是她父母的房产，不过那个院子六十年前就已经拆掉了，从那以后她就住在现在的房子里。她过去是位老师，地理老师。“你们了解地理吗？”她问。我说我地理知识忘得差不多了，她对此感到非常遗憾，她认为每个人都应该了解地理，因为这才是对时间最好的投资。“学习别的知识通常没有多大用处，因为它们变化得非常快。当然，你可以学习，不过一周之后，就没人会在乎那些东西了，你的知识就只剩下了少得可怜的一部分。但是地理不同，你学会了这些东西，它们就不再变化，即便不是一辈子不变，至少在你活着的大半辈子时间内是不会变的。”

她丈夫是一位技师，能修理电视、微波炉、收音机之类的东西。“房子后面整个都是他的工作室，里面全是他的东西，我就不带你去看了，不过你要想看，我也可以带你去。我知道现在可以把那些东西扔掉了，不过我没舍得，我可以把别的东西放在家里随便什么地方，不过他的工作室里我什么都不会放。不管怎么说，如果看见他的工具堆在路边，我肯定会伤心死的。”

她问我为什么要在这个年龄了还出来到处奔走。“你看上去身体不太好，”她对我说，“我不喜欢对一位成年人说这样的话，可是你看起来身体真的不太好，不过这些肯定已经有人告诉过你了吧。”

我说一直有人这样告诉我，我自己也知道我得了重病，我在进行人口普查之前是一名医生。

这个消息让她吃了一惊，她很不高兴。很明显，她在医生和类似职业的人员面前有一套完全不同的行为准则，而我却打着人口普查员的旗号闯进了她的家门，谁知道我其实是个医生呢？

不幸的是，从这之后，我们的相处就再没有恢复到之前的状态了，所以我们很快就离开了。我没法把自己的想法写出来以解决这个问题，或许我能说出来，可她的听力有问题，所以我只能把我的意思写在纸上给她看。但那简直是不可能的事，反正我做不到。送我们到门口时，她对自己刚才的敌意感到懊悔，并在我儿子手里塞了一些餐巾纸——带字母的象牙色餐巾纸。“你们在路上会需要这个的。”她一边说着一边抱了抱他。

0

妻子怀我儿子的时候，我们对未来有过许多畅想，关于我们要做什么，以及会怎么做。她说她要继续表演，到处巡回演出，也可能是我们三个人一起去旅游。她还幻想这个儿子或女儿像她一样成为一名演员。“演员不是可以到世界各个地方去演出吗？”她总是这么说。可是所有这些梦想都在儿子出生的那一天戛然而止了。我并不是说我们对儿子的出生感到失望，其实我们没有不高兴，一点都没有。只是，我们面前出现了一堵墙，从某种程度上把我们的世界缩小了，这是我们之前从未想到的。我妻子跟我谈过这个问题，她说她之前的生活好像一直都是为了迎接今天而进行的训练。如果那是真的，这倒是一件幸运的事，因为儿子确实需要有人陪伴，而且这个人必须知道该怎么对待他，怎么帮助他。我们一生之中见过很多家庭，他们都不知道该如何处理这种特殊的状况。

儿子渐渐长大，社区里有很多孩子来跟他玩。不过那些孩子变化很快，长大得也很快，差不多一年时间就比他长大不少，所以他又变成了孤单一人。这样，我们就成了他最主要的玩伴。我妻子再也没有回到舞台，她没有一点时间。事实上，我觉得有了儿子之后她不像以前那样喜欢人类了，反正我是如此。

不喜欢人类，因此不愿意为他们表演。我们一遍又一遍地自问：他们怎么能够对他这么残忍呢？人们怎么能在这种卑鄙的事情上看法如此一致呢？他们好像预先商量好了，认为伤害那些从未伤害过别人的无辜孩子是一件无足轻重的小事。

就是由于这种情况，由于每次和别人相处时不可避免的尴尬，凡事都好像被蒙上了悲伤的色调。那时的人们实在太无知了，其实即使现在也是如此，很多人好像总是先说些卑鄙而可怕的话才能进行基本的交流。有的人则更糟，他们会当面大笑，或者扭头就走。

不过凡事都有另外一面，这件事让我们更容易发现哪些人更值得尊重。他们完全不会受到儿子这种情况的干扰，而是很快就与他建立起一种亲密的关系。你很难看出谁会是这样的人，仅从外表根本看不出来，因为天性善良而敏感的人通常会下意识地把自己身上这种美好品质藏起来或者做点伪装。

无论如何，我们就是这样交上朋友的：把我们认为残忍的人赶走，这样那些善良而心思细腻的人才会聚拢在身边。

不过对我而言事情并不容易。作为一位医生，经常会有病人说了什么欠考虑或者难听的话，而我所处的位置又完全可以影响这个人的生命，所以有很多次我都很想给那个人一点惩罚——让他膝盖疼痛，稍微留点残疾，或者留一个明显的伤疤什么的——不过我从来没有真的那么做过。

我们来到一户人家门前，门开着，我们就进去了。“有人在吗？”我喊着话。一个和我年龄相仿的男子坐在厨房里的一个凳子上，光着膀子。我们攀谈起来。他知道我们的来意后告诉了我们很多事。他说他是当地锅炉制造工工会的一名代表，最近正在为工资和福利之事参加秘密谈判。谈判就在附近某个地方进行，他刚刚从那儿逃回来拿呼吸器。可能我们会觉得他没穿西装很奇怪，好吧，那也是目前复杂形势的一部分，他不希望任何人知道他究竟在干什么。

他妻子来到屋里：“你们在这儿干什么？”他向她解释了一下事情的来龙去脉。她又对我们重复了一次：“你们在这儿干什么？”我把他刚才的话又解释了一下，说我和儿子是在做人口普查，我们只是问几个问题，把答案记下来，如此等等。她点点头，好像我的回答竟然跟她丈夫刚才说得如此一致这件事让她感到很奇怪。

“请这边来。”她说。

她丈夫站起身来跟着要走时，她严厉地说：“不是说你，你就待在这儿，在这儿不要动。”

我们来到隔壁房间，这里是一个客厅，一台大电视正对着一张脏兮兮的沙发。屋里有很多书架，书架上的书，书脊紧挨在一起摆在那里，看起来好像这里的主人满腹经纶的样子。

“我不知道他刚刚跟你说了什么，不过他病得很重。我丈夫确实病得很重，他今天不愿吃药，所以你们现在走对大家都好。我简直不敢相信你们居然进到我们家来了，你们这些无赖！他现在变得这么激动，我至少要花上一个小时才能让他跟以前一样平静。”

我站起身，儿子抓住我的手。

“请原谅。”

女人脸上的表情很愤怒，她整个人都非常激动。

她把我们送到门口，男的就在她身后。这时他站了起来，大喊大叫着。他声音沙哑，好像累坏了。她把我们推出门去，关上了门。我们走下台阶时，门又开了，她探出头来，叮嘱了一句：“不要再回来了！”

P

P城下了一场大雪，所有厂区都银装素裹，看上去异常得妖娆美丽。我把车停在一个小公园旁边，儿子跑到雪地上开心地玩起来，而我则打开暖气，开始读穆特的书。我喜欢大声诵读她的文字，就从《翅膀大张》这一篇读了起来，这是她有关鸬鹚行为的一本专题著作。

我本人最早发现抹布脸鸬鹚有一种令人困惑的行为，那就是它们总喜欢翅膀张开、站在干燥的地面上。虽然这样的场景对我而言非常珍贵，可是我很难说清这种鸟类为什么会以这种方式自娱自乐。我曾听人说它们这样做是一种表示恭敬的仪式，或者叫作“求偶表演”，目的是为了吸引雌鸟的注意。可事实上，这种鸬鹚，不管是雄鸟还是雌鸟都会表演这个动作，而且有时还在独处的时候表演这个动作。不仅如此，这种鸬鹚还经常会在自己孩子面前表演这个动作。通常情况下，小鸬鹚是每年出生一窝。看着那些幼小的鸬鹚凝望着自己器宇不凡、身材高大的父母张开双翅，高高站在自己头顶，对于我来说，最大的喜悦也莫过于此。

如果鸬鹚遭到某种天敌的追捕，走投无路，那它们这种行为还可以看作是在求救。不过实际上鸬鹚无论在陆地上，在空中还是在水里都相当安全。虽然海鸥和其他水鸟确实会以鸬鹚蛋和小鸬鹚为食，但成年的鸬鹚绝对可以无所畏惧地与它们进行战斗。

我的看法是，这种鸬鹚很爱干净卫生，而那种特殊动作只是在晾干自己的翅膀而已。这种鸟跟我们人类一样，都喜欢穿干燥的衣服，所以它们站得高高的，借助风力来完成这项工作。我知道有人会对此持有不同看法，那就悉听尊便吧。

门开了，儿子回到了车上，浑身是雪。我用一条毛毯把他包起来，我们继续穿过这冬天的冰雪世界，朝着几个街区外的一家饭店驶去。远处，饭店巨大的电子招牌在不断闪烁。

“这个小镇是以西班牙的一座城市来命名的，”女服务员告诉我说，“不是西班牙的城市就是葡萄牙的城市，反正就这两个国家其中之一。”我们在地板上踩出了那么多雪印儿，我向她道了歉，她回答说：“我不需要打扫卫生，打扫卫生的是他，所以我不在乎。”

说着，她指了指饭店最里边站着的一个人，那人一手拿着一个拖把，另一只手则拿着一本杂志在看。

“你们想要点什么？”

她端来了一顿丰盛的午餐。看样子菜单上大部分菜肴我们都点了，甚至还包括一种味道很冲的酒。我畅快痛饮起来。

她再次过来时询问了我们来此地的意图。“没有人会自愿来P城的，”她说，“肯定是为了工作。”

“确实是为了工作。”我告诉她，我是名人口普查员。

“我知道你是人口普查员，我就知道是这样。”她说着拍了拍双手。

“你怎么知道的？”

“我嘛，我看见那个了。”

在我的包的一角，那些文身器械露出了一点头儿。

“真正的文身艺术家是不会随身带着这些东西的，至少大部分人不会这么做。还有，很少会有文身艺术家年龄超过50岁。我就把这两点放在一起综合考虑了一下，那么还有谁会给人刺文身呢？”

她靠近我一点，解开了裙子上的扣子。

“我这次人口普查还没被普查过，现在我准备好了。我喜欢刺文身，很喜欢那种感觉。”她一边说着一边让我看了看身上的文身。“你见过这样的人吗？”

我说不过还是等我吃完饭吧，然后再把全部程序都过一遍。

她觉得那样也行，不过之后她就经常过来了。我得解释一下，当时饭店里确实空荡荡的，厨师们都在后面听着收音机打牌。

“现在才五点，工人们不到七点是不会来吃饭的。”她说，“因为到那时化工厂才会关门，到时候就热闹了。”

她说她年轻时曾当过演员。“我年轻时候是一名演员。”她说。她站在那里，样子看起来顶多也不过就25岁。“我演过好几个角色，还都是比较重要的角色呢。不过后来我遇到了麻烦，我喜欢赌博。你喜欢赌博吗？”

我说我确实喜欢赌博，不过我几乎从没赌过。

“那就对了，”她说，“一旦你意识到赌博有毒就必须得砍掉自己的胳膊才行。”

“我就是这样毁掉的。我欠钱太多了，只好离开那个地方。几年前我来到了这儿。猜猜我现在在哪儿？我还在这儿待着！”

我说要是她想，她完全可以去别的地方呀。

她说：“我敢说你肯定想知道那是什么，想知道我赌的是什么东西，对吧？其实我赌的是马。我从死去的父母那儿继承了一套房子，我把房子抵押出去，钱全都投在了一次赌注上。”

我说那个赌注肯定很吸引人吧。

她说她很擅长数学，从小就很擅长。她仔细计算了一下，只要这次赌马赢了，她就永远不需要再做任何工作，一辈子都不用。可惜她赌的那匹马并不是最好的一匹，结果现在她什么不喜欢干的事情都得干。可是她后悔了吗？她不后悔。她曾经读过一本书，那是一位姑妈送她的一本书，书上说：“不必后悔，永远不要后悔”，所以她就绝不后悔。“我就是从字面上去理解的，”她解释说，“我还是个年轻女孩，我觉得这句话的意思是，不要让自己去后悔，而是要勇敢走出去，做你想做的事，这样你就不用后悔没做过这件事了。”她是从另一个角度来理解这句话的，事实上，她觉得她的角度才是正确的角度。整体而言，这是为人处世的一条更有效的原则：不管什么时候，你觉得自己要后悔了，就立刻转换思路，想点别的事情。反正要想的事情还有很多，不是吗？

“我不喝酒，”她说，“我不喝酒也不抽烟，我注意保持身材。我住的公寓大楼附近，离这儿两条街的地方有个图书馆，图书馆里每一本书我也都读过了，有的还读了两遍。我每天晚上睡五个小时，五个小时就够了，其余的时间我就筹划自己的未来。可惜那些计划到目前为止还都没有实施过。到这家破饭店来吃饭的乱七八糟的男人，我也跟他们都没有瓜葛，我只是在等着什么事情发生。如果那匹马只是硬币的一面，我知道这枚硬币肯定有另一面，而且这另一面迟早会出现的。”

她送来的甜点是水果馅饼，而且是免费的。“我从来不吃这东西，”她说，“不过我喜欢看别人吃。据说吃水果馅饼会让人感到幸福，为什么呢？你知道怎么做水果馅饼吗？你知道里面都有什么吗？”

餐椅的坐垫实在太厚了，我站起来的时候差点摔倒。

“没关系，”我说，“没关系。”

“可得保护好你的腿，摔一下就不得了了。”那位女服务员笑着对我说，“我扶你上车吧。”

Q

从P城高大笨重的树木中穿过，前面的沼泽地已被冰雪覆盖。平坦的大道从沼泽地中穿过，眼前很快就荒凉起来。高楼灯光统统不见了，只有两边的反射镜还在闪烁。它们依然还能闪烁光芒，真是幸运。

大约直行了一个小时，我们就驶出了沼泽地。前面是个岔路口，路边有个加油站，还有一家汽车旅馆，浓雾之中还矗立着许多工厂。我想问儿子要不要在这儿停一下，不过我得先把他叫醒才行。

“要停一下吗？”我问。

他坐直了身子，透过车窗看了看那家汽车旅馆，接着摇摇头，又缩回毛毯里。

“好吧，那好吧。”我在加油站加满了油，跟服务员聊了几句，继续向前开去。看样子那位服务员是个天生爱生气的人。

我儿子的学校里有一位名叫皮尔森的老师，那可是个不可思议的好人。他有很多年的教育经验，跟他在一起让人觉得很舒服。即使那些不爱跟别人说话的孩子也喜欢跟他交流，我们不知道是什么原因，但他的履历确实很出色。起初，我们儿子不愿在那个学校上学，死活不愿待在那儿，后来有个老师想到了皮尔森先生，我们同意了。尽管他当时是高年级学生的老师，不过我想他应该还教一些试验班级。他个头很高，样子严肃，鹰钩鼻，习惯性地穿着一个马甲。

我们来到一个房间，双方相互介绍过后，我们又把皮尔森老师介绍给儿子。他们俩就那样面对面站着，相互打量着对方。皮尔森说："你知道吗，有时候我在做什么事之前，总喜欢先把它画出来或者说出来，这让我感觉很好。它会造成什么后果，我喜欢它哪一点，不喜欢哪一点，我就会心里有数，你想试一下吗？"接着，他们来到小桌子旁边，皮尔森在一张很大的图画用纸上写道：我们肯定会成为朋友的，今天我们就一起在学校里转转看看，怎么样？做什么事情之前我会先问一下你愿不愿意做，要是不愿意做我们就不做。要是你没准备好，我们就一直做手头的工作，或者重复以前做过的事。一天结束后，你就可以回家了，还会有很多事可以告诉爸爸妈妈。

接着皮尔森又把他写的东西解释了一番，有的重复了好几遍。我儿子点点头，那样子好像他从一开始就懂了。他拿起铅笔在纸上画了很多条条道道——我跟大家说过他很喜欢这样——然后他也跟皮尔森讲了自己画的内容，虽然我听不见他说的话。事情大概就是这样。很快两个人就一起离开房间，向大厅走去，而我和妻子只得自己摸索着回家了。

我拥有一些最珍贵的记忆，我经常回想起那些事情，每次想起就像是回到了极乐之地——记忆中的极乐之地，每次都是如此。这时候我就变成了许多个版本的自己，这些自己会一起为多年前一些微不足道的小事欢喜忧伤，那些转瞬即逝的小事一而再，再而三地回到我的脑海中，有时候不断壮大，有时候则逐渐缩小。

其中一件事是这样的：

那时候，我经常会因为需要动手术而回家很晚，这时我就能从窗户外看见我妻子和儿子坐在厨房的餐桌旁。我们的房子是“L”形的，一侧有一间仓库，另一侧用高高的篱笆围起了一个空院子，我们的车可以停在那儿。不过我一般都是走路去上班的，所以总会从天井前庭外面经过，那儿正好能看见厨房的窗户，这样我就可以从窗外看见他们。

厨房是他俩最喜欢待的地方，不过我相信，这也是很多人喜欢待的地方，不是吗？

他们会在厨房的餐桌上干什么呢？我儿子通常在那儿画画，我妻子在忙着写一本书。在她临终之前这本书差不多已经写完了，书名就叫作《傻瓜是面镜子》，可以算是一本学习小丑角色的教程——尽管我提到过，她扮演的小丑与通常所说的小丑差别很大。

很多年前，报纸上曾说过：“如果她是个小丑，那她应该算是个不同流俗的小丑。她的表演让你感觉不到她在表演，倒像是真实的生活，而你只是碰巧看到了她的生活。”

每次走到那儿，我都要在窗下站上几分钟，只是为了看看他们。他会让她看自己的画，而她会让他看自己书中的插图。有时候她会大声朗读自己作品的片段，他会认真聆听。有一种观点认为，你只能跟别人讲他们能理解的东西，但我们对他从不这样，跟他说话时总把他完全当成一个正常人对待。我觉得正是因为这个原因，他才能够与正常人交往，同时这也表明，我永远不知道我说的话他听懂了多少。可有时候我觉得，我们三个人甚至无须语言就能交流。

不过他有时候也非常沮丧，很有挫败感，因为我们会给他定下很多目标，而事实上，我们根本不知道他能学会哪些事情，而哪些事情则永远都不可能学会。所以有时定下的目标对他来说过于宏伟，这会让他非常非常泄气。另一方面，如果我们定下的目标过于简单，他又会很快失去兴趣，更糟糕的是，他可能会认为这项简单的任务和我们最近给他布置的困难任务一样困难。所以，在容易和困难之间必须形成一个完美的平衡。好在随着时间流逝，我们渐渐找到了这个平衡点。在很多情况下，这只是由于心情的原因造成的，所以要让他经常保持一种快乐而感恩的心态，避免的则是用语言或态度向他表明这个世界是由不同等级组成的。

我还记得有一天他学会了一个特别的剑法姿势。他有一把木剑，特别喜欢拿着它在仓库附近的一棵树下耍来耍去。

他会一到午后就跑过去，在那儿一直玩到黄昏，跟看不见的玩伴们格斗。那时，他特别希望能完成一个动作，就是转一个圆圈后，最后一剑水平地猛劈过去。大家可能也见过这个动作。不管这个动作叫什么名字，总之那个转圈的动作对他来说非常困难。每到最后一下，他的腿总是放错地方，他为此非常生气。我妻子陪着他练了又练，可是转圈的动作进展缓慢，练了一遍又一遍，还是进展缓慢。不过后来有一天，他终于学会了。不用说，即使学会了，他的转圈猛劈动作也不会跟专业人员一样标准。后来他依然会花费很长时间来练习这个转圈动作，不过他能做到这样已经足够了。我听到他从楼下跑来，一路大声叫着爸爸。他的叫声传到楼上，很快又来到了我书房外面的大厅里。现在回想起来，我依然觉得自己身体的某一部分就在书房的门后面，满心欢喜地听着他向我一路奔跑过来。

R

我经常会想起儿子所经历的一切，并不自觉地拿来与我自己的生活做比较，因此觉得我能有这样的一生非常幸运。

我认识的一个人他总是穿着一套不太常见的黄色西装。要穿这样一套西装，你必须对很多事情都相当有把握才行。他是一家 24 小时棋牌咖啡店的常客，我在医学院上学时经常光顾那个地方。我不记得他是做什么职业的了，也可能他从没提起过这一点，但是他对鸟类问题了如指掌，就是因为他我才开始对穆特感兴趣的。我们经常在一起玩游戏，每次游戏开局都是以动物的名字来命名的，因为他了解那些动物。他最喜欢的可能是猩猩，这在咖啡店的棋类游戏中算是高深的一个，经常会让其他玩家感到困惑不解，甚至有些压迫感——当然，如果它有可能威胁到他们的话。但是他也喜欢玩河马、龙和北极熊。有一次，他从 C4 开始，我很快就走到了刺猬——这是我最喜欢的一种动物——这一步。他对我的招数大加赞赏，并想方设法要打败我。我们在一起度过了很长时间，也可能因为凌晨一点到四点的时间特别漫长吧，对那些年老的单身汉来说尤其如此，而他肯定就是这样一个单身汉。不管怎样，他经常对我说，学习时期涉猎范围要广，因为什么知识都不可能在任何地方通用的。这是什么意思呢？我认为他的意思是：你对任何事物的见解通常都是从某一方面得出并只适用于这一方面的，但是兴趣广泛的人就可以从两种不同的事物中找到共性。对，就是这样，突然之间，你会发现一个领域的结论在另一个领域也同样适用。有时候可能要做出某些调整，不过……

我提到这一点是因为那种深夜不眠的感觉是我从未体会过的，而且从那以后我再也找不到那种感觉了。这种感觉好像圈在了我心里一个小小的椭圆形区域里了，这椭圆形区域外面什么都没有，没有任何桥梁与其他地方相通。即便有桥，那也只能是我和穆特对于鸬鹚共同的热爱，或者更确切地说，是我对穆特的鸬鹚的热爱，爱她对鸬鹚的那种感觉。

我深为儿子感到遗憾，因为他永远不能一个人出去，永远不能找到那样一个世界，在那个世界里，你任何礼貌的行为都会增加别人对你的尊重，也许只是增加一点点，但肯定会增加。下棋的老年人非常善良，但同时又会有很多无法让人原谅的犯规行为，这种行为太多了，多得不可胜数。他们都是些微不足道的小人物，但是合在一起他们就成了一个宇宙，而且是我所崇拜的宇宙。我甚至不记得最后一次去那家咖啡店的情形了。我妻子整天忙忙碌碌，我没有时间再做这些事。我那时接连认识了好几个女性，她们都不愿让我在深夜里四处游荡，但最终是我妻子结束了我的这种状态。虽然妻子对我深夜遨游的行为并不介意，不过跟她在一起时我感到心满意足，根本就不想出去，所以她最终还是跟其他女人一样，终结了我夜晚出去下棋的行为。

棋局到了最紧张的时候，或者一局即将结束而他马上要败北的时候，这位身穿黄色西服的老人总会对我做这样的事，说下面一番话。

这时他会停下手中的棋子，盯着棋盘看上一会儿。之后他会抬头看看我，脸上的表情非常严肃。等我们四目相对时他总是会说出这样的话，每次都是如此。

“我家乡有个传统，就是必须在桌子上给新娘的父亲留个位置。你是新娘的父亲吗？”

我会说我不是新娘的父亲。

然后他会说：“你是新娘吗？”

我会说我不是新娘。

“那么你在桌子旁边干什么呢？”

到了这时他就应该想到该怎么走下一步了，他会“啪”的一下重重地往前走一步棋，然后带着得意扬扬的表情看看我说：

“你在桌子旁边究竟是干什么的？”

我妻子曾经做过一次表演，那场演出只卖出了二十多张票。这二十多个人来到剧院，坐在各自的位置上。表演的时间为一个小时，名字就叫作“存在”。

她坐在舞台前面的一把椅子上，穿戴非常简单。旁边的地板上放着一个喇叭，她什么也没有说，也几乎没什么动作，只是认真地注视着观众。整个剧院的灯还亮着，她可以清清楚楚看到那些观众的表情，就跟他们看她看得一样清楚。要是他们想窃窃私语，带座员就会制止他们。最终人们接二连三离开了，剧院里空荡荡的。

在接下来的一个月里，她挨家挨户出现在那些观众家里吹奏号角，那嘹亮的声音把很多人从深夜的睡梦里吓醒。

然后，她会交给他们一封信，信里写着：这是你的生活，它需要你的存在，你无法预料在什么地方会发生什么事。

当时有人说她没被人枪杀真是幸运，不过事实并非如此。

我觉得，如果她被人枪杀，如果她在表演这次精心设计的滑稽剧时被人杀死，她肯定会认为这是一个圆满的结局，是事物结束的一种合理方式。

我的办公室位于一幢规模较小的现代化建筑里，这幢大楼是真正的现代化建筑，不是当今那种出现在“现代化大楼”笑话里的作品。病人们可以在一扇巨大的玻璃窗旁边候诊——从那里可以看到大约半英亩郁郁葱葱的松树——护士们就坐在他们对面。穿过一扇门有几个房间，我和我的合伙人就在那儿接待病人，而病人通常都是由其他医生推荐来的。

这幢大楼的外层是光滑的混凝土，光线可以通过上面垂直的狭缝透进来。下雨天，你会发现雨水从各个不同寻常的地方落下来，那是因为大楼窗户和天窗的位置都不同于寻常的建筑。天气晴朗的时候，大楼里会出现别的奇特现象：医生护士们的浴室里都有一个扁扁的天窗，中午时分会射进来一束耀眼的光线，这束光线总是令我想起一些图画或照片——在那些照片上，光线从圆形监狱的天窗一泻而入。据我所知，这束光线代表的是救赎。我觉得这非常好笑，跟许多护士提到过这一点。这么多年来，我曾跟许多不同的护士说起过这一点，有人也觉得好笑，也有人并不觉得。

有时候我会带儿子去办公室，他跟秘书们、护士们都很合得来，小时候尤其如此。为了跟他玩，他们有时候甚至会玩忽职守，当然我肯定对此一笑了之。我还记得自己站在狭窄的走廊里，通过一个不超过六英寸宽的狭缝往外张望着。外面的松树郁郁葱葱，一个护士穿着雪白的制服——簇新的衣服折了起来，就像一件羽毛外套。她兴高采烈地跪在厚厚的松针上，孩子一样的脸蛋红扑扑的。我儿子在她面前蹦蹦跳跳的，脸蛋也同样红扑扑的，同样一副兴高采烈的样子。我当时觉得我们还能在一起很多年真是一件非常幸运的事，我想着他将来还会遇到很多人，他们也都会像这样和睦相处。

妻子和我一直商量着要一起旅行一次，让儿子见识一下全国各地的风情，但这个愿望一直没有实现。不是这个原因就是那个原因，总之一直没有机会，所以妻子去世时，我偶然想到了人口普查一事，心里顿时豁然开朗：现在是开着斯塔福德往北旅行的时候了。她的死让我觉得这也是我走向死亡的起点。我确切地知道我的生命不会持续多久，所以，既然生命之可贵在于其多样性，那么我们，我和儿子，完全可以尝试这样一种生活——延长我们的生命，见识所有能够见识的东西。

不必在乎路上的风险，也不必在意路上会遇到什么困难烦恼，我相信所有问题都会迎刃而解。

我在通往 S 城的路标前停了下来，打算跟儿子解释一下到底发生了什么事。

我告诉他现在我身体出现的各种症状都表明我的心脏有严重问题。“你还记得心脏是干什么的吗？”

我们就心脏的功能问题交谈了一会儿。我说要是我想活下去就必须得有心脏，可是照现在的样子看，这个心脏起不了作用了。

我还说我们现在离家非常遥远，周围没有一个认识的人，不过 Z 城有一趟火车，他可以乘这趟车回到我们家乡，我会事先写一封信回去，到时会有人去接他的。

他说这主意不错，他很高兴不用再开车了，我们两个可以坐火车回去，他并不介意。

我说问题是我不能再跟他一起乘火车回去了，他只能自己回去，只能自己坐火车了。

“可是你要去哪儿呢？”

我说我可能不在了，那可能是我生命的终点。我还指出，我们曾经谈过有关死亡的问题，那是一种自然现象，根本不用害怕。

他说那好吧，不过他还是希望我们能一起坐火车，他很期待这一天。

我说计划有变，现在我们要直接开车去 Z 城。

他觉得这主意不错，还问我我们还要不要去哪户人家拜访了。我说不用了，人口普查工作结束了。

我打开后备箱，开始整理他的东西，好把他所有的东西都收进一个袋子里。看到我这样做，他也开始动手收拾我的东西，把我的东西放进一个袋子里。我说那样做没有必要，我肯定坐不上火车了。

我继续把他的东西往帆布背包里塞，他拉住我的胳膊想要阻止我，我不让他拉，他哭了起来。我让他在前面的座位上坐下，耐心等着，可他就地坐了下来，背对着我。

到了 S 城，我在一家邮局前停下来，寄了一封信，接着继续开车，穿过 S 城和 T 城。他一声不吭，拒绝跟我说话。

在 U 城，我又犯病了，直挺挺躺在地上，直到有人过来帮忙。晚上我们只好在那里过夜。我在诊所拿了点药，情况稍稍好转，反正也只能到这个程度了。

太阳升起时我们又上路了。前面的厂区渐渐稀少，大片的工厂一点点消失不见，人类的工业文明逐渐在我们背后消失，可能从这儿起，我们就要在丛林中穿行了。

我感觉头晕，头重脚轻。

我开始唱歌，是关于一棵树的歌，儿子很快就加入进来。我们唱完这首又唱了别的，就这样一段段路程消失在我们背后。我们偶尔会停一下吃点喝点，不过我们还是一直走啊走啊，尽管我觉得头晕，可是心里还是有一股韧劲儿在坚持着，可能就是人们常说的最后一股劲儿。这股劲儿很大，像发抖一样，有巨大的能量。我觉得自己开车的时候简直无可阻挡，没有任何东西能阻止我。

要是我儿子能活到年老，他老了会是什么样呢？这个问题我想了又想，想了又想。他会不会留着乱蓬蓬的胡子，穿着睡衣在街上乱逛？随着时间流逝，多年以后，他以前所知道的东西、所有的那些感觉会不会更加强烈？那些不能理解的事情会不会更加模糊不清？我想到他住的房间，静悄悄、阴沉沉的，他就坐在屋子里，有时候面朝窗户，有时候朝着别的地方，窗户里透不进一丝光线。我想到他走在购物中心的水泥地板上，塑料袋飘到膝盖下面，脸上脏兮兮的，眼睛里全是倦意。我想到他会死在什么地方，可能是床垫上，也可能是楼梯井里。我不知道他那时会是什么感觉，会想到谁。我想他应该会呼唤我妻子，不管是大声呼唤还是在心底小声呼唤，不管是身体抽搐扭曲、满脸痛苦，还是眼神呆滞地凝视某处，他想起的肯定是我妻子，除此之外，我想他不会想到别的。

在 V 城郊外，我突然在夜里惊醒。我发现儿子在大叫大喊。他用力撞着一侧车身，同时大声叫喊着。我问他怎么了，他说他做了一个梦，梦见自己在我们家楼上的浴室外面，他站在那儿的地毯上不停地撞门，因为我妻子在里面，他想见到她。她在那儿待的时间太长了，她根本不愿意出来，可是他必须见到她。

我问他他最后一次见到她是什么时候。“那是什么时候的事了？”

他说他不知道。

他想说出一个时间，可是总也想不起来。他的手在车窗摇把上乱抓乱挠，之后他把脸紧紧贴在车门上，闭上了眼睛。

S

T

U

V

W

X

-Y

&

Z

一整天我们都沿着一道长长的斜坡行驶，周围的树木不断变化。挺拔的松树与落叶乔木光秃秃的枝干交错，中间还夹杂着许多灌木；有些灌木叶子依然苍翠，还结着红色的浆果。左侧的林子里耸立着一些色彩斑驳的石头，很明显，那是一座废弃的公墓。路面越发崎岖不平起来，车身剧烈地晃动着，儿子紧紧拉住我的手。

后来，我们终于开到平地上。道路蜿蜒曲折，带领我们来到一个满目萧条的小城。在地图上，这应该只是一个苍蝇留下的小污点。这座城市里只有三栋楼，其中一个还是火车站。

这就是 Z 城。如我所言，这里有一趟火车，可以开到西边任何一座城市。你可以向西走到任何地方，直到它最终又绕回到中部地区。我给儿子买了一张票。火车站的一个工作人员说：“三点钟开车，火车每天经过这里一次。双数日子火车向西，单数日子火车向东。你们很走运，今天火车向西。”

“今天火车是往西边开的。”我告诉儿子。我把票给了他，他拿在手里。到了车上，我把他最后的一些东西也都装进了他的帆布背包。他背上包，外套的扣子系到了下巴处，帽子摘了下来。他的眼光在我脸上无助地搜索着，可一切富有生机的东西似乎都已非常遥远。我们的心都在剧烈地跳动着，身体却只能无助地等待。

我心想，以后的我对他没有一点用处了。之前我曾经想过，我梦想过我们能一起走，乘坐一条木筏，我妻子、儿子和我。可是没有办法，我只得先走一步了。我儿子只能去别的地方，这是一个好的开始，他可以好好待在那儿。难道世界上没有那样的地方吗？

我暗想：应该有的。任何好事都有可能，事情本应如此。

火车离开了。那时应该是五六点钟，因为夜幕已经开始降临。火车就这样走了，同时带走了我的儿子。

我非常疲倦。坐下是最容易的事，所以我坐了下来。我身旁有一个下水道口。

我儿子走了，火车也走了，带着我儿子。

甜蜜的死亡应该将在几分钟之后到来。我能感觉到眼睛的变化，我无法描述那种感觉，总之那是一种陌生的感觉。我知道我应当自己钻进那个洞里，免得麻烦别人来做这件事，可是我不愿意去那个地方，至少现在还不愿意。我曾经在很多人的身体旁边站立过——没有感觉的、年老多病的身体，即将死亡的、刚刚死亡的身体，还有早已死亡的身体，可我在宣布他们死亡时总会感到困惑。

我儿子站在火车的金属台阶上，张开双臂，似乎在向我走来。是我给他扣上了外套上所有的扣子，是我帮他把头发捋到耳朵后面的。我动了一下手，像是要挥手告别，但是这一切都已毫无意义。在当时那种情况下，哪件事能有什么意义呢？他看着我的样子让我知道，他听懂了我说的话：我就要去一个洞里了，我很快就不在人世了，他永远都不要再找我。可是他是怎么理解这些话的？他听到这些话是什么感觉？他是怎么想的？这些我全都无法想象。

我嗅到了潮湿的黑色泥土的气息，不由回想起以前在花园里消磨的时光。那时候我还可以站起来奔向我妻子，也可以站起来向儿子跑过去，可是现在我什么都做不了了。我此时想到的倒是欧芹、洋芋还有拔野草的事，我想了很多，各种念头纷至沓来。这些念头似乎带着万丈光芒，照亮了四周，而我自己则渐渐融入虚无。我不自觉地蜷缩起来。

我的坟墓，我的坟墓，我的坟墓。

我有些恐惧，我知道在那个世界里没人可以说话，也看不到任何人。那个洞里没有任何人。我想到的那些事情都有可能发生，但是绝不可能发生在那个洞里。不会有人在那个洞里等着我的。

有一次我去学校接儿子回家，那时他正躲在柏油操场的一个角落里，还有几个男孩跟他一起。那几个孩子差不多靠在他的身上，姿势很可怕，而他只能紧紧贴在篱笆上。说不定他的眼睛都是紧闭着的，我离他很远，看不清楚。其中一个孩子在对他说话，其他孩子浑身都在颤抖，我猜那是笑得太厉害了所致。我来到操场边上，叫他的名字，那几个孩子一听到声音立刻四散逃窜了。他们从我身边经过时，可以看出他们开心快乐的样子。那是年少时特有的一种纯粹的快乐，那种快乐不是善良，也不是邪恶，但它超越其他所有东西。我向儿子走去。他还待在那儿，靠在篱笆上，手抓着一根缠绕在金属线上的枯败的藤蔓。我一次又一次喊着他的名字，直到我快走到他身边时，他才走过来。

他的世界里可怕的事情太多了，只是我永远不知道他能体会到多少。

现在我们面临的问题是将来，他的将来，不是我的将来。我把所有可能性都想象到了，可是我无论如何都想象不到他会回来。我总是想象着他会去别的地方，遥远的地方。他会一整天都在火车上旅行，直到中转站。他在中转站换乘另一趟车，然后在那趟车上旅行，一天又一天，直到抵达他想去的地方。很多天后，经过不可思议的遥远路途后，火车在一个前不着村后不着店的小站停下来。这趟车必须要走那么远，而且必须要停在这前不着村后不着店的地方。火车在那里停下来，停车时发出刺耳的金属摩擦声。列车员会四处看看，后来发现我儿子坐在他喜欢的座位上——那是一个靠窗的位置，他可以眺望窗外。到那时儿子肯定已经习惯于旅行了，而且也已经喜欢上火车了。列车员会把他叫醒，帮他拿上包裹，和他一起来到出站口。在这次旅行中，在这次为期几个月，甚至几年的旅程中，列车员肯定已经喜欢上了我儿子。

他们成了火车的一部分，永远不停地旅行。但是分别的时间终究还是来了，他们会相互拥抱，接着我儿子会来到站台上，站在那里，站在那儿回首张望，而火车则轰鸣着开走了。

肯定会有人在车站等着他，飞奔过去把他揽在怀里。那个人可能是我父亲，也可能是我母亲或者妻子。他们会逐渐了解对方。没有人的关系会像他们之间那样亲密，他们会相互了解，彼此热爱。他们会紧紧拥抱，然后喜气洋洋地一起上车，沿着绿树成荫的河岸行驶，不久后来到一所房子前面。那所房子应该是我出生的地方，或者我妻子出生的地方。在场的应该是她父母亲，也可能是我父母亲，甚至我本人也可能在那儿。汽车会把大家带到这所房子里，大家都欢天喜地，兴奋之情难以尽述。我儿子轮流扑向每个人怀里，给他们讲述自己一路上的见闻。他将是这个家族最后一个幸存者，他才是人口普查的真正本质。他的眼睛见过世间万物，他的心灵感受到过酸甜苦辣，他会向他们讲述所有这一切。而且在那个地方，在那个虚无缥缈的地方，他说的一切他们都能理解，这可是前所未有的事情。而且他讲述的经历会超越这个野蛮世界里所有的东西——这个世界大口吞下一切，用牙齿嚼碎了再吐出来，每次给予你什么东西之前必先取走你的珍贵之物。

208

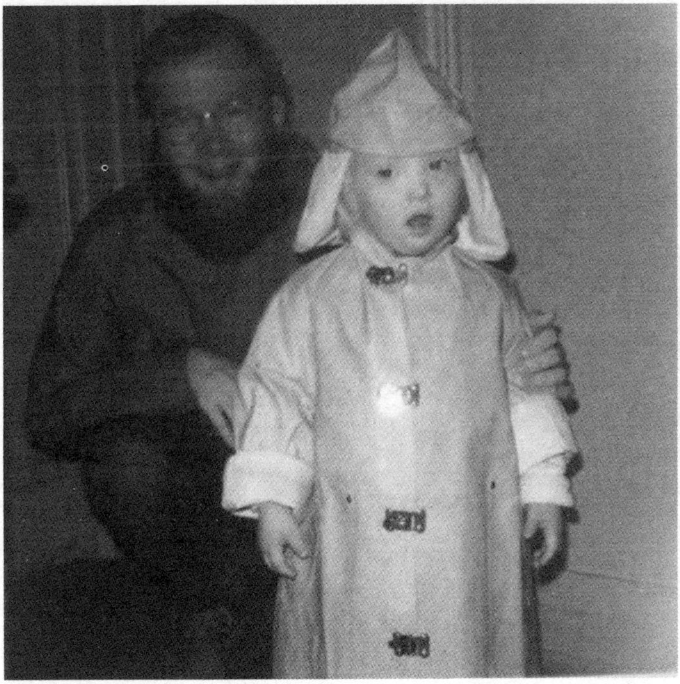

217

图书在版编目（CIP）数据

回不去的旅人 /（美）杰西·鲍尔 (Jesse Ball) 著；
任秋红译．-- 南京：江苏凤凰文艺出版社，2019.7
书名原文：Census
ISBN 978-7-5594-3187-5

Ⅰ．①回… Ⅱ．①杰… ②任… Ⅲ．①长篇小说－美国－现代 Ⅳ．① I712.45

中国版本图书馆 CIP 数据核字 (2019) 第 008856 号

回不去的旅人

（美）杰西·鲍尔 (Jesse Ball) 著　任秋红 译

责任编辑　唐　婧　黄孝阳
装帧设计　lemon　姜　楠
出版发行　江苏凤凰文艺出版社
南京市中央路 165 号，邮编：210009
网　　址　http://www.jswenyi.com
印　　刷　唐山富达印务有限公司
开　　本　880×1230 毫米　1/32
印　　张　7.5
字　　数　120 千字
版　　次　2019 年 7 月第 1 版　2019 年 7 月第 1 次印刷
书　　号　ISBN 978-7-5594-3187-5
定　　价　45.00 元